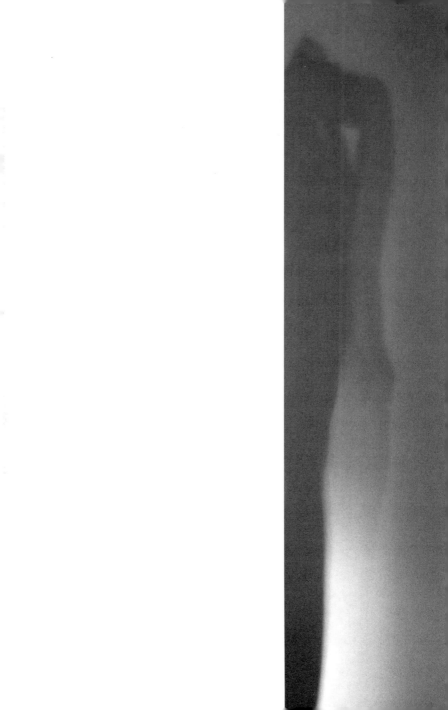

...archipelagi...

Wojciech Kuczok

Widmokrąg

Patronat medialny:

PoR**T**AL
KSIĘGAR**S**KI
www.ksiazka.net.pl

Dla ♦

Żebry Adama
(apokryf)

Rozumiem: grać na czymś tam, to się już przyjęło, żałośnie rzępolący skrzypkowie, domorośli akordeoniści, w przejściach podziemnych, na rogach ulic, nawet w tramwajach, wchodzą na dwa przystanki i tak kaleczą szlagiery, że robi się z tego niemal konkurs na rozpoznanie pokiereszowanych przebojów, znacie tę piosenkę, nie ta tonacja, nie ta harmonia, ale oczi tak samo cziornyje, aż dla świętego spokoju człek dałby im te dwa złote, gdyby nie to, że się ledwo trzyma lewą ręką za uchwyt, wagon szarpie na zakrętach, a portfel głęboko w torbie, żeby kieszonkowcy nie mieli łatwo, więc zwyczajnie nie chce się grzebać, nigdy się nie chce, tylko dlatego nie daję im na to przetrwanie, przecież nie dlatego, że śmierdzą. Nawet tych studenciaków obdartusów, którzy na bezczelnego siedzą przy kapeluszu z kartonem informującym, że nie są bezdomni, tylko zbierają na piwo, przyjęło się traktować pobłażliwie, za to, że żebrzą lekką ręką, za to, że przynajmniej nie obciążają wyrzutem sumienia każdego, kto ich mija, ich można mijać otwarcie, jawnie, nie unikać wzroku, nawet rzucić mimochodem „butelki byście sprzedali, zamiast robić szopkę", słysząc w odpowiedzi „pan dziś zasponsoruje browarek, to jutro będą butelki do sprzedania". Nie to co ci ze skarbonkami, no ileż razy dziennie można pomagać dzieciom z porażeniem mózgowym, a przecież nie będę nadkładał przez nich drogi, żeby chociaż zapamiętywali, „o tak, pan już nam dzisiaj pomógł, panu już dziękujemy", gdzie tam, wystarczy pięć minut później wracać obok nich i uciec wzrokiem, i już „może by pan wspomógł d z i e c i Z PORAŻENIEM...", tak tak, zarzucają lasso ze słów, tym wyraźniej i głośniej akcentując słowa, im dalej się zdąży odejść, żeby chociaż jakieś serduszka dawali do przypięcia, jak te Owsiaki...

Tak, już minęło parenaście lat oswajania się z wszelaką formą żebractwa ulicznego, już mi się to zdążyło opatrzyć, odruch łapania za kieszeń na widok każdej karmiącej piersią po prośbie też już odszedł w zapomnienie, nawet sobie pomyślałem, że lada moment musi nas czekać jakieś przesilenie, żebry trzeba będzie przebrać w inne szatki, ukryć pod innym płaszczykiem; ktoś powinien się bardziej wysilić, żeby na nowo przejąć przechodnia swoją nędzą, albo też musi mieć do sprzedania na poczekaniu coś więcej niż brak słuchu w parze z nadwyżką uporu.

I właśnie wtedy, w zupełnie nietypowym miejscu, nie przed bankiem, nie w głównej arterii miasta, ale w cichym zaułku parku Jordana, właśnie kiedy wybrałem ławkę idealnie oddaloną od jęczenia tramwajów i powrzaskiwania dzieciaków zmierzających na zieloną lekcję, kiedy wreszcie zasiadłem na ławce z gazetą i wczytałem się w nagłówek na ostatniej stronie, kwitujący kalamburem sromotną porażkę polskich futbolistów, właśnie wtedy przysiadł się obok.

Zbyt blisko; zaniepokoiłem się, kątem oka widzę, że to bliskość celowa, że z kartką jakąś siedzi. „O nie, jeszcze jeden", myślę sobie, bo już widzę, że na kartce coś napisane i że rękę wyciągnął w geście proszalnym, i nawet mi się czytać nie chce, tylko się przesuwam, jak najdalej mogę, żeby tak po prostu nie odejść, bo cóż by to miało oznaczać poza ucieczką, przecież nie będzie mnie gamoń żebrzący z mojej ławki przeganiał, com ją sobie dopiero obczyścił chusteczką. Ale już na tym krańcu ławki całe moje skupienie definitywnie w kąt oka się przeniosło, już omiatam bezmyślnie ten sam akapit, już wiem, że póki się on nie wyniesie, ja spokoju nie zaznam. I widzę, kątem wciąż, bo do uwagi bezpowrotnie mi odebranej przyznawać się nie chcę, więc że niby jej na niego nie zwracam, kątem tedy zauważam, że kartka zmierza w moją stronę, że zbliża się, bezczelnie na mojej gazecie się kładzie, panoszy, przez niego podsunięta mi pod sam nos. Marszczę tedy brwi, lewą na oburzenie typu hola, prawą na zdumienie typu no-coś-pan, ale czytam:

„Wspomóż mnie. Jestem goły i głodny. Nie potrafię kłamać. Nie potrafię kraść".

No to już nie mogłem uchylić się, przemilczeć, udać, że mnie nie ma, bo tekst ów całkiem był nieżebracki, miał w sobie niespodziewaną dozę, by tak rzec, dostojeństwa, spojrzałem więc na niego, spojrzałem więc i z wolna wiodąc wzrokiem w tę i w tę, szukałem punktu zaczepienia, jakiejś skazy, na której mógłbym zbudować swoje nieprzejednane stanowisko, od której mógłbym się odepchnąć i odejść krokiem stanowczym człowieka pożytecznego, nie poruszyłem się jednak, bo wszystko w nim było takie pierwsze, wszystko w nim było takie czyste, jakby go dopiero co Pan Bóg stworzył, albowiem nagi był on najprawdziwiej, dusznie i cieleśnie, i aż się musiałem zmusić do wzdrygnięcia, no bo przecież ja nigdy nigdy, gdzieżby, u nas w rodzinie takich myśli nikt, mężczyzna na mężczyznę po kobiecemu patrzeć nigdy nawet we śnie, nawet we śnie nie mógł, więc przemówiłem do siebie basem wewnętrznym, rozsądnym, odwiecznym, tym, co to mutacji nigdy nie przechodził: „Wariat albo ciota jakaś zaczepna, może nawet uwieść mnie próbuje, w każdym razie okropność, brrr, ani minuty dłużej", i odezwałem się protekcjonalnie, przypominając sobie czasy, w których ojciec za pomocą przedniojęzykowego „ł" stawiał moją młodość do kąta:

— A co potrafisz, młody człowieku?

I już byłbym zwinął gazetę, już miałem na odchodne przygotowaną dobitkę („Zastanów się lepiej, chłopcze, czy coś potrafisz") i rzuciłbym mu pewnie złotówkę, bo we mnie wezbrała ochota na okazanie wzgardy, ale powstrzymał mnie, złapał za rękę (moja dłoń! jakim prawem! wyszarpnąć!)

— Proszę...

(jaki głos, cóż za głos głębinowy, czyściu-
teńki, mocny, jednorodny, słuszny, och dość,
dość)

– Ale nie dotykaj mnie, co? Możesz mnie,
chłopcze, nie dotykać?

(no i zapomniałem pochylić „ł" w chłopcu,
a nic gorszego niż taki chłopiec wyprostowany,
nieugięty, och, cóż to za uścisk, jak on śmie utrud-
niać mi uwolnienie, że też jakoś tak trzyma, no
przestań mnie trzymać, gnoju, za rękę, nie będę
się z tobą szamotał)

– Puszczaj, cholera, no!

Stoję, dałem za wygraną, gówniarz (no,
nie taki znowu gówniarz, te okularki tak trochę
mylące) jest ode mnie silniejszy, no złapał mnie
gamoń za rękę, szarpałem, usiłowałem strzepnąć,
zdmuchnąć („takich ludzi się zdmuchuje", mawiał
ojciec, mój wielki ojciec, kiedy jeszcze żył, kiedy
jeszcze prowadził firmę, obiecywał, że kiedy będę
już ważył siedemdziesiąt kilo, przekaże ją mnie,
ale ważyłem wtedy szesnaście, i po kilku latach
prawidłowego rozwoju miałbym w zasięgu dwadzieścia pięć kilo, a za osiągnięcie tej wagi miałem zostać zabrany na lot jumbo jetem, „synu,
musisz być wielki i silny, bo cię zdmuchną, pamię-

taj, słabych ludzi się zdmuchuje, potem chodzą tacy zdmuchnięci po dworcach i żebrzą, pamiętaj, synu", więc jadłem, rosłem w siłę, a ojciec malał, i kiedy już osiągnąłem stosowną wagę do lotu, okazało się, że nie pamięta obietnicy, „coś sobie wymyśliłeś, nie zawracaj głowy, nie jesteś już dzieckiem", i tego podstępu darować mu nie mogłem, przestałem jeść, i tak zostało, piętnaście kilo niedowagi i ta przeklęta słabość), gdyby nie ta moja słabość, pewnie bym nie stał teraz obezwładniony, wytrącony, przyłapany za rękę w ten idiotyczny sposób, mocnym, zdecydowanym i nieznoszącym sprzeciwu uściskiem, ale nawet nie nieuprzejmym, po prostu bezczelnym (o tak, to dobre słowo)

– Słuchaj no, młodzieniaszku...

(młodzieniaszek nie wymaga pochylania „ł", sam jest w sobie słowem-klapsem, na gołą pupę, jeśli je odpowiednio zaakcentować, w sam raz na tego tu... zbudowanego tak... jak kościół... trzeba mi było go pomniejszyć...)

– ...jesteś bezczelny, nie będę się szarpał z tobą...

(chyba jednak zbyt łatwo dałem za wygraną, chyba mi pomniejszenie nie wyszło, bo prze-

15

cież stoję, a on siedzi, trzyma mnie i siedzi, stoję
przy nim jak uczniak na egzaminie, muszę usiąść,
ale jeśli mnie nie puści, ta bliskość będzie już
bliskością nieznośną, teraz przynajmniej widać, że
zostałem pojmany, za rękę, pojmany za rękę, bez
prośby o pozwolenie, nie prosił mnie o rękę, a już
mnie pojął, znaczy: pojmał, ach co ja, co ja, bred-
nie, plącze mi się wszystko, oplótł, znaczy: oplątał
mnie młody żebrak, „wstrętny" – bas wewnętrzny
mi podpowiadał, a ja podjąłem, o tak, wstrętny
żebrak, ohydny, ale zaraz go kontrapunktował
jakiś nieznany mi dotąd, nieuświadomiony wewnętrzny falsecik, „ale jaki piękny żebrak", oj, no
czemuż zaraz takie słowa mocne, skąd mi się to
piękno wzięło, nie wolno nie wolno, i bas: „swołocz uliczna, mydłek-renegat, rynsztokowiec",
a falset: „meszek na karku, twarde podbrzusze,
mięśnie jak kaloryfer, jakie piękne kontrasty, jaka
wielość w jedności", w każdym razie nie wykaza-
łem się w należytym stopniu męskością („mięsko-
ścią, miękkością, mość miejsce psiej kości", podpowiadał falsecik), powinienem był raczej jednak
już na początku nawet z buta go, przecież za nogę
mnie nie złapał, ale skoro chciałem elegancko,
że niby strzepuję tę rękę jak pyłek, z d m u c h u j ę,

chciałem elegancko, dostojnie, ale nie wyszło, i teraz już nie mogę tak po prostu go kopnąć, odepchnąć, wyszarpnąć, skompromitował mnie tym uściskiem, teraz to on, s i e d z ą c przede mną dostojnie, mnie trzymał, a ja nie miałem pomysłu, ubezwłasnowolnił mnie tym jednym gestem niespodzianym, och stanowczo już za długo mnie trzymał, ale co robić co robić, przecież nie zacznę krzyczeć, czemu akurat nikt tędy nie idzie, to może jednak lepiej go butem, ach nie, może jeszcze raz trochę łagodnie, odbudowując dostojeństwo)

– Chyba nie liczysz na to, że w t e j sytuacji cokolwiek ci dam...

(zaatakować go, posądzić, ośmieszyć, z siebie na niego przerzucić podszepty haniebne!)

– No dobrze, jak widzę, ty sobie chcesz tak po prostu p o t r z y m a ć mnie za rękę, jesteś taki romantyczny pedałek, co? Chętnie bym cię z moją ręką zostawił, gdybym miał ich więcej, ale wybacz, ta akurat jest mi potrzebna, tak się składa, że żyję z pracy rąk, nie wyciągam ich po nie swoje pieniądze, chybabym się ze wstydu spalił...

A ten milczy i milczy; ja z każdym słowem wypowiedzianym pogrążam się w niewoli, on moje każde słowo przemilcza, on m n i e przemilcza, i trzyma, ma mnie w ręku. Zacząłem się pocić, bo garnitur, bo nerwy, bo duchota, natychmiast mi się zachciało zdjąć marynarkę, ale jak tu zdjąć, słabłem jeszcze bardziej, słabość moja wrodzona, o której tak długo zapominałem, przez tyle lat uczyłem się zapomnienia, ale wciąż dawała się we znaki, po to nosiłem tarcze wzorowego ucznia na piersi zapadłej, po to licealne świadectwa z paskiem odbierałem ręką wiotką i drżącą z przejęcia (a teraz nawet nie mogła sobie podrżeć, bo ten mi ją trzymał, powstrzymywał w swoim uścisku nieznośnym), po to dyplom z wyróżnieniem na zarządzaniu i od razu stanowisko kierownicze (mój wielki tata, kiedy jeszcze żył), po to, żebym musiał teraz prosić młodego gnojka bezdomnego (choć kto go tam wie z tą bezdomnością, może on bardziej domny ode mnie, w każdym razie na pewno teraz bardziej dumny, dumny ze swojego uścisku; on mnie z dumą przyłapał na słabości), żebym ja jego miał prosić o pozwolenie na zdjęcie marynarki? Absurd, toż to absurd.

— To jakiś absurd!

I usiłuję się uwolnić, niby pod pretekstem tej marynarki, ale sam już straciłem śmiałość i wiarę, a nie chciałem tracić sił, więc te moje podrygi, od których nawet nie zadrżały mu rzęsy, niczego nie zmieniły, widząc więc, czując, że on mnie już nie puści tak po prostu, tą wolną ręką zacząłem zdejmować z siebie marynarkę, tą uwięzioną dając delikatne znaki, że chciałaby pomóc pierwszej, że teraz mam zamiar się nieco rozebrać, psiakrew, ciepło jest, więc chyba mam prawo, i tak nerwowo się wijąc, bo rękaw przyciasny, bo to niełatwe, jakoś zdjąłem, ale on dalej nie puszcza, więc wisi ta moja marynarka pomiędzy nami, na ręce, z której jej zsunąć nie mogę, bo on nie puszcza, bo on nie pozwala, i co widzę, mój Boże, co widzę, wreszcie się poruszył, nie puszczając mnie, och jak on to zrobił, przełożył mnie sobie z ręki do ręki, no jak on mnie traktuje, przekłada mnie sobie jak dziecko, i moją marynarkę włożył na siebie, mojego Armaniego ten chłystek po prostu przejął ode mnie i jakby nawet wykonał coś w rodzaju dziękczynnego skinienia, ledwie dostrzegalnie mrużąc oczy, on pomyślał chyba, że ja mu zamiast pieniędzy marynarkę dać postanowiłem, och, i gdyby miało na tym nieporozumieniu stanąć, pewnie puściłby mnie wreszcie i wtedy, och wtedy już ja bym, och jużjabym jużjabym mu wtedy, o, o, o, wyjaśnił, wytłumaczył, wszystko bym mu, gnojkowi, po policję bym zaraz, już bym postarał się, ale gdzie tam, on tym skinieniem mi niby podziękował, ale jakoś tak wzrok zaraz spuścił, czemuż on spuszcza wzrok, myślę, przecież nie ze wstydu, i podnosi, i spuszcza, i ach, zrozumiałem, że sobie moje spodnie upatrzył, marynarka to za mało, bo przecież garnitur dwuczęściowy, on mi spojrzeniem swoim bezwstydnym dał do zrozumienia, że marynarką się nie wykpię, że nią się nie wykupię, komplecik mu potrzebny, no teraz to już na moim miejscu każdy by dał w mordę, więc dlaczego nie dałem (słabość), na moim miejscu każdy by już wszczął rwetes (ale to idiotyczne, co ja ludziom powiem, że mnie facet za rękę trzyma i nie chce puścić, w dodatku jeśli w zasięgu wzroku ktokolwiek w tym parku cholernym, to same babcie z wózkami albo młode matki, czy mam wezwać na pomoc kobietę?), ale ja stałem już, zgnębiony i przygwożdżony tym przyłapaniem, i zamiast protestować, spojrzałem tylko na niego pokornie, że może jednak przesadza, chyba nie zostawi mnie bez portek (mamo, tato, komu się tu poskarżyć), bez portek to jest nie fair, jakieś zasady nas chyba obowiązują (falsecik: „jakie zasady, przecież czujesz mrowienie, spodnie dla młodzieńca zdjąć to jak okno otworzyć i poczuć chłodny powiew, rozluźnij wszystko, poddaj, oddaj", bas: „o jak zdejmę pasa"; ach więc jednak zdjąć, to nieuniknione), i tak na niego spojrzałem, mam nogi krzywe, jak ja się ludziom pokażę, wstyd mnie zeżre, no, to może ja te spodnie wyślę pocztą, jak tylko dojdę do domu i się przebiorę, och, gotów mu byłem to właśnie obiecać, przysiąc, podpisać nawet umowę, byle mnie puścił, ale gdzie tam, na moje spojrzenie on mnie tylko mocniej ścisnął, niby nieznacznie, ale sprawiło to na mnie okropne wrażenie, jakby od tej chwili jego uścisk ledwie dostrzegalnie, ale konsekwentnie się nasilał, i przez myśl mi przemknęło, że jeśli się nie pospieszę, on mnie zmiażdży, zgniecie mój nadgarstek jak wydmuszkę, więc pomyślałem, że to jest niebezpieczny szaleniec, właściwie trzyma mnie na muszce, nie mogę go zdenerwować, trzeba ustąpić, żeby ratować życie, co tam dobra doczesne, co tam portki Armaniego, wszystko da się odpracować, a życie ma się jedno, i grzecznie jedną

ręką zacząłem rozpinać pasek, guziki od rozpor-
ka, i wydało mi się, jakby uścisk zelżał, i poczułem
się niemal szczęśliwy, spiesznie i bez protestów
ściągnąłem spodnie i wręczyłem mu, a on spojrzał
mi prosto w oczy z taką jakby łagodnością, czułem, że pojawia się między nami szansa na po-
rozumienie, że on mnie w gruncie rzeczy nie
skrzywdzi, że w gruncie rzeczy nic takiego się
nie stało, może nawet moglibyśmy w innych warunkach zostać przyjaciółmi, przyjął ode mnie
spodnie i nie przestając mnie trzymać (no, nie
żebym na to od razu liczył, domyślałem się, że na
wolność będę musiał zasłużyć nieco bardziej
spektakularnie, ale och pojawiła się przecież na-
dzieja na wyzwolenie, pojawiła się nić, po której
mogłem się z tej matni wydostać, w jego oku pojawiła się jaskółka nasycenia, a tylko syty mógł
mnie zostawić w spokoju, tego byłem pewien),
zaczął przeczesywać moje kieszenie; spokojnym,
sprawnym ruchem dłoni wyjął mój portfel i sprawdził jego zawartość, widząc zaś zestaw kart kredy-
towych (nigdy nie noszę przy sobie pieniędzy,
ach, to takie plebejskie płacić gotówką, mawiał
ojciec), popatrzył na mnie z wyrzutem, karcąco,
udzielił mi nagany, lekko głową kręcąc i na

powrót wzmacniając uścisk, jakby z gniewem, wyjął telefon komórkowy, wyjął klucze do mieszkania, wyjął paczkę prezerwatyw (tu się zatrzymał na moment, zwolnił, wzrok uniósł nieznacznie, rzęsą zatrzepotał), dokonał (na moich oczach) inwentaryzacji (moich) ruchomości, oszacował grymaśnie, jakby zawiedziony, że go nie zawiodłem, szukał dziury w całej tej kieszeni mojej („dziury, dziury" ochoczo przedrzeźniał mnie falsecik) i jej standardowej przecie, przewidywalnej zawartości, zawartości, że tak powiem, dostosowanej w pełni do jego wymogów, ach, stałem i miałem już tylko nadzieję, że się zadowoli, że ten posag, który wnoszę do naszego związku, wystarczy, by go rozwiązać, byśmy mogli niepisane warunki rozejmu sobie milcząco zatwierdzić, miałem nadzieję, że lada chwila przestanie przyglądać się tym moim drobiazgom i uzna je za godne siebie, a wtedy będę już mógł wreszcie nacieszyć się wolnością, to znaczy wrócić do niej, tak nieopatrznie, niezasłużenie utraconej, wreszcie będę mógł przestać sterczeć w miejscu, będę mógł ruszyć, gdzie mnie duch powieje, gdzie nogi poniosą, ach, teraz dopiero zrozumiałem całą tę okoliczność dotąd przedziwną i uwierającą, teraz

dopiero uznałem ją za dar opatrzności, za odpust
raczej niźli dopust Boży, bo nigdy nie byłem wolny tak naprawdę, bo wolny mogłem się stać, dopiero kiedy ktoś mnie uwolni, a raczej usankcjo-
nuje moją wolność, uzna ją choćby skinieniem
głowy, wolności bez wyzwolenia zasmakować nie
sposób, tak jak ciepło swój sens zyskuje tylko wtedy, kiedy się chłód pozna, kiedy się w przemarz-
nięciu do ciepła zatęskni, teraz dopiero poczułem
niewymowną wdzięczność dla mojego ciemiężcy,
że złapał mnie, że zatrzymał – po to, by mi
podarować wolność, oczywiście podarować nie
za darmo, oczywiście musiałem dowieść, że do
tejże wolności prawdziwej dojrzałem, że sam, na
własną rękę sobie taką jej namiastkę urządziłem,
i jako tako w jej poczuciu tkwiłem złudnym, ale
do przetrwania wystarczającym (cóż tam szmatki
fatałaszki pieniądze, tu o wolność chodzi, taką
wolność majestatyczną, z taką wolnością będę się
teraz mógł obnosić, bo na nią sobie zapracowa-
łem, będę mógł pokazywać wszystkim wokół, jaki
jestem wolny, nie tak sobie z urojenia, nie tak sa-
mozwańczo, lecz prawnie, oficjalnie, ze świadec-
twem), ach, pomyślałem, że może kiedy on mnie
już puści, nieśmiało poproszę go o certyfikat,

jakiś taki zwykły choćby świsteczek, na którym on by moją wolność uznał, podpisał i przypieczętował wzrokiem, także na wypadek, gdyby mnie kto jeszcze kiedy za rękę chciał przyłapać, miałbym glejt żelazny (choć, psiakrew, kto wie, raz się zdarzyło na gapę w tramwaju, och wstyd, och nerwy, motorniczy nie miał biletów, a musiałem zdążyć, musiałem, ludzi pytałem, prosiłem, ale jakoś nie chcieli nie mieli, a tu kontrola, strach taki nagle w całym ciele przechodzący w bolesne pogodzenie, chciałem po cichutku do kieszonki, ale swołocz kontrolerska uwzięła się, zaraz się we trzech zeszli i jęli wgapiać we mnie, a każdy sobie inną część wybrał, oglądali mnie pogardliwie, zwisając od niechcenia na tych poręczach, tak na ręce wyciągniętej, tak bezwstydnie bezrękawowo, żeby było widać, że pach się w tej sferze nie goli, że pachy kontrolerskie zarośnięte być muszą, obowiązkowo również wąs bez brody, co to go można skubać, przyglądając się komuś z wysokości przyłapania bez biletu, w majestacie tej władzy chwilowej, gruby wąs i niegolona pacha to była wizytówka dorosłego kontrolera, tak się złożyło, że obstawiło mnie trzech takich dorosłych, nie żadni terminatorzy-żółtodzioby-gołowąsy, z którymi mógłbym się wykłócać, no taki pech, że trzej duzi, aż jeden mi zaczął wygadywać na głos o łapówkach, że on by mógł mnie w tej chwili na policję, przy świadkach, a tamci aż się palili, żeby na mnie się zemścić za swoje osiemset złotych brutto i oziębłe żony, bo miałem teczkę – bo jeden się w teczkę nienawistnie wgapiał, bo miałem krawat – bo drugi się krawata wzrokiem uczepił, bo ja sobie pachy golę i wąsem się brzydzę – bo ten trzeci tak świdrował, jakbym to miał na czole wypisane, no to zapłaciłem pełną karę, on wypisał niby ten dowód zapłaty, na przystanku przeniosłem się do drugiego wagonu, bo wstyd mój i te zadowolone uśmieszki pasażerów, że mi się oberwało, słyszałem te ich szepciki „i bardzo dobrze, tacy w ogóle do tramwaju wsiadać nie powinni, tylko samolotami niech se latajo, kierowców niech se majo prywatnych, niech se piniendzy nie wiedzo na co wydawać, ale na gape żeby jeszcze, hańba, to jo tu nawet jeden przystanek, wie pani, boje sie przejechać darmo, bo to wstyd tak oszukiwać państwo, a tacy złodzieje na kożdym kroku tylko by nos wyciućkać chcieli na cacy, i do tego na gape", no to jechałem dalej tam, gdzie mnie jeszcze nie znali, upokorzony, ale bezpieczny, a tu zaraz druga kontrola, jeden z wąsem i dwóch gołowąsów, ale z łysinami aż pod sufit, i w czarnych skórzanych kurtkach przewieszonych przez ramię, zamiast wąsów nosili kurtki i łysiny, i znowu to samo, zwis i wzgarda, i wykład, że mnie jedna kara nie upoważnia do jazdy na gapę, że widać nie zmądrzałem, tak gamoń mi mówił przy wszystkich, mnie, który mógłbym go wykupić z rodziną do prywatnego cyrku, gdybym chciał, mógłbym go wystawić w klatce w deszczu i upale, gdybym chciał, robiłby w moim ogrodzie za małpę na dwie zmiany, gdybym chciał, ale akurat musiałem tramwajem, i taki gnojek, bo niby za dobrze byłem ubrany, za dobrze pachnący, bo niby w ogóle miałem za dobrze, on do mnie „pana stać, to pan zapłaci; od kontrolera trzeba było się domagać biletu, teraz mnie to nic nie obchodzi, że pan masz karę zapłaconą, ja nie jestem kontrolerem kar, tylko biletów, a biletu pan nie masz", i znów musiałem płacić), tak, różnie to bywa z tymi świstkami, więc może nie warto prosić, może po prostu warto poczuć wreszcie chłód wiatru owiewającego tę odciśniętą i spoconą część nadgarstka, którą on wreszcie puści, ach, kiedy już puści, kiedyż wypuści mnie („wypieści", obleśnie zaszeleścił

wewnątrz mnie głosik)... Gęsia skórka mnie obsia-
ła, poczułem nagle taki przypływ rozkosznej po-
kory, poczułem, że moja bezwolność jest czymś
nieskończenie przyjemnym, że zniosę każde zło
mi zadane z cierpliwością męczennika, i przełkną-
łem ślinkę na samą myśl o tym, że oto jestem
u progu świętości, bo cokolwiek mi się przytrafi,
będzie ostatecznym naruszeniem mojej nietykal-
ności, a więc prawo jest po mojej stronie, mogę
ze stoickim spokojem poddać się choćby łamaniu
kołem, a nawet z przyjemnością, bo jestem ofiarą,
a on przemoc ucieleśnia, aż napłynęły mi do oczu
łzy wzruszenia nad własnym losem, i skórka i ślin-
ka i rozkosz ofiarnej bierności zaczęły się we mnie
zlewać w jedno i rozpuszczać mnie w swoim ciep-
le, i nie musiałem już otwierać oczu, nie musiałem
już z jego twarzy wyczytywać kolejnych poleceń,
bo nagle wszystko stało się ostatecznie jasne,
aby być wolnym, muszę się przed nim otworzyć,
muszę być zwarty i gotowy („rozwarty", poprawił
mnie introfalset) na przyjęcie gościa, teraz, kiedy
byłem o krok od uznania mnie w pełni, poczułem,
że spłynął na mnie zaszczyt przyjęcia, to znaczy
on przyjmował mnie do wiadomości w zamian
za moje przyjęcie go w sobie, za moje bezwarun-

kowe, słodko pokorne oddanie mu dóbr moich wrodzonych, czułem, że nie ma się czego bać, jego uścisk był tak przekonujący, zdążyłem do niego przywyknąć, zżyć się z nim, wiedziałem, że nie wolno mi się bać, że przecież strach nie uchodzi w tej sytuacji, jak mógłbym bać się wolności, i, i, i, i, ummmmm, zjednoczenie, wstąpienie, połączenie, i kiedy poczułem, że korzystając z mojego zaproszenia, sobą mnie zaludniając, daje mi poczucie przynależności, rozluźnił uścisk, miałem już wolne ręce, wreszcie obie ręce moje były wolne, choć gdzie indziej czułem jego niedelikatną obecność, ale przecież nie o delikatność tu chodziło, lecz o uświęcone męczeństwo, i dreszcze, i dreszcze, w tej oto historycznej chwili, fanfary dreszczy, fajerwerki dreszczy, całodobowa transmisja telewizyjna i radiowa dreszczy, dreszczowe orędzia, dreszcze na flagach, dreszcze w gazetach, dreszcze w bankach, fabrykach i urzędach, confetti dreszczy, deszcze dreszczy, dreszczowe hejnały, dreszcze w supermarketach, multipleksach i aquaparkach, dreszcze na straganach, na poletkach i w stodołach, dreszcze w repertuarze kin i filharmonii, dreszcze na banknotach, monetach, rejestracjach, dreszcze w dowodach tożsamości, dreszcze w krawatach, ściegach i kolorach koszul, dreszcze na językach, dreszcze w języku, dreszcze w kubeczkach smakowych, wreszcie dreszcze od Bałtyku po Gibraltar..

interludium
(F.Ch. op. 28 nr 3)

Maria jedzie pociągiem, w pustym przedziale, zdjęła trzewiki i położyła stopy na siedzeniu naprzeciw, przez niedomknięte okno wiatr silnie wieje wprost na jej głowę, Maria jest uśmiechnięta, cieszy ją stukot kół, cieszy ją rytm, cieszą smugi krajobrazu za szybą, Maria pozwala wiatrowi zwiać chustę z głowy, pozwala powietrzu targać swoje włosy, kiwa radośnie stopami w cienkich czarnych podkolanówkach, śmieje się do siebie; jaka piękna jest, kiedy się śmieje, o tak, Maria jest bezdyskusyjnie piękna.

Nadzwyczaj piękna, jak na siostrę zakonną. Jej uroda nie zblakła jeszcze od nadmiaru modlitw, jej policzki są rumiane całkiem po świecku, jej wargi pełne oczekiwania, wargi przecież nie mogą nic, za to że ich pani szepcze litanie do Matki Bożej, zamiast szeptać zaklęcia miłosne do uszu kochanka; nic, za to że ich pani całuje dłonie wyrzeźbione

33

w zimym drewnie, zamiast całować dłonie męskie rozgrzane od bliźniaczych zapomnień.

Maria jest piękna prowokacyjnie, każda z zakonnic w jej klasztorze musi spowiadać się po kilka razy w tygodniu z tego, że nie potrafi okiełznać niechęci do Marii; żadna z zakonnic w jej klasztorze nie może pogodzić się z tym, że w tak pięknym ciele może się mieścić czysta dusza; w klasztorze uroda Marii jest dla niej krzyżem, dlatego Maria jest taka szczęśliwa, że wreszcie skończyła nowicjat i po raz pierwszy mogła wyjść na zewnątrz, dostała przepustkę i mogła poczuć ulgę, poczuć się wolna do piękna, wolna w pięknie, wolno jej być piękną; Maria nie stara się ukryć twarzy, nie stara się chować pod habitem, uroda Marii poza murem klasztoru nikogo nie obraża.

Maria opuszcza szybę do końca i czuje, jak wiatr szarpie się z jej habitem, jak ignoruje jej ślubowania i wdziera się bez pardonu pomiędzy guziki, każdą fałdę nadyma i rozchyla, wykorzystuje wszystkie szanse, żeby się wedrzeć do środka; Maria cieszy się z wiatru, powtarza sobie „jadę, jadę, jadę", i myśli, że choć wierna Bogu, teraz właśnie, siedemdziesiąt cztery kilometry od zakonu, trzydzieści dwa kilometry od domu rodziców, których jedzie odwiedzić, w tej chwili mogłaby i chciała oddać się mężczyźnie, gdyby przypadkiem wszedł teraz do przedziału, oddałaby mu się i zrzuciła habit, i obejmując go nogami, głaszcząc jego pośladki dłońmi, wyznaczałaby im rytm, taki rytm, jaki podpowiada wiatr i stukot kół... ale, ale, ale już.

Już jest po chwili, bo pociąg zdaje się hamować przed stacją, i wiatr słabnie, i Maria poprawia włosy, a potem z uśmiechem odwraca się, by podać bilet wąsatej pani konduktor.

Cielęce Tańce

Któregoś dnia matka w połowie zupy od‑
łożyła łyżkę, wytarła usta serwetką i powiedziała
ojcu:

– Nasze małżeństwo jest skończone. Nie
mogę żyć z mężczyzną, który przez piętnaście lat
nie nauczył się jeść bez siorbania.

Powiedziała to w mojej obecności, co
oznaczało, że jest zdecydowana na wszystko. To
był nasz ostatni wspólny posiłek.

Zalatani, zostawili mnie na lato w górach.

Miałem zmężnieć przy robocie, na razo‑
wym i zbożowej, u zaprzyjaźnionych gazdostwa.

Tak naprawdę chcieli, żebym się nie zna‑
lazł na linii ognia podczas ich sprawy rozwodo‑
wej. Żebym od nich odwykł, żeby mniej bolało.

W Tatrach lało od tygodni, lipiec zamienił
się z czerwcem na wilgotność, matka jeszcze

zdążyła mi wystać gumiaki w gieesie, ucałowała
łzawo, ojciec już trąbił, pojechali.

Nigdy więcej nie miałem okazji widzieć
ich razem.

*

Na pierwsze śniadanie bundz i zdrowaśka.
Potem Hruby Józuś, co miał mi być ojcem letnim,
wytarł wąsy rękawem, wziął mnie w swoje ręce,
sprawdził kciukiem wnętrze dłoni i odprawił:

– E, sakra, takie mos te rącęta mięciutkie,
ze bees mioł drzazgi, kie ino grabie łapnies.

Matka Hrubego zakaszlała śmiechem, raz
po raz waląc dłonią w blat, jakby stół mógł
powstrzymać jej charkot. Już dziesięć lat żyła
z jednym płucem.

Wieczorami Józuś przytulał ją i tłumaczył,
że jego matula ma jedno płuco, ale za to dwa
serca, a ona, ledwie powstrzymując salwę kaszlu,
powtarzała swój ulubiony dowcip:

– Te doktory z Krakowa dziwujom się, jako
to mogem jesce kozdy dzień giewonty z oderwa-
nym filtrem kurzyć, a jo im godom – panowie,
jak tu „rzucić palenie", kie jus starozytni górole
powiedali, ze syćkie drogi wiedom ku dymowi...

Hruby nie chciał mnie w polu, bo miałbym w polu widzenia jego praktyki małżeńskie, prawdą było bowiem, że Józuś cierpiał na nieustający skurcz przyrodzenia; w trzynastym roku życia podniósł wzrok na dekolt pani od polskiego, która nachylona nad zeszytem pomstowała na jego ortografię, i zaznał pierwszego wzwodu, który trwał odtąd nieprzerwanie. Lekarze zalecili terapię bromową, ale Hruby powiedział, że od bromu nic mu nie mięknie, tylko na dodatek mózg staje. A potem się przyzwyczaił. Bo się rozniosło wśród dziewcząt. Hruby Józuś w młode lata korzystał bez pamięci ze swojej popularności, od Witowa po Dzianisz, od Chochołowa po Jabłonkę, od remizy do remizy odwiedzając potańcówki w specjalnie wyprofilowanych portkach, które mu służyły za wizytówkę. Przestał, dopiero kiedy w Zębie dostał w zęby, a chłopaki go puścili przez wieś bez spodni, poganiając kopniakami, rąk mu nie starczyło, żeby się zasłonić, ale nawet wstyd mu nie odebrał twardości. Przestał chodzić do kościoła, no bo jakże modlić się do najświętszej, kiedy pyta sterczy; aż go napotkał proboszcz i rozgrzeszył, mówiąc:

– Niezbadane są wyroki boskie, a na ciebie, synuś, wyrok ciężki padł, za grzech nasz pierworodny i grzechy ojców naszych...

Rozgrzeszył i kazał się ożenić czym prędzej, bo prawdziwą miłość Bóg błogosławi dziećmi; Hruby uwierzył więc, że wreszcie mu się odstanie, jeśli Bóg da zasiać ślubną, i szukać żony zaczął, od Chochołowa po Czarny Dunajec, od Kościeliska po Szaflary, aż wreszcie znalazł dziewczę dorodne i wychodził z nim pierwsze pocałunki w Starej Robocie. A potem już się musiał przyznać do swej przypadłości, przed oświadczynami, wedle reguł kościelnych, żeby ślub ważny był. Przyznał się i usłyszał od niej:

– Ulżę ci albo ci utnę.

I tak się stała Józusiową.

Uprawiali zbożowe pola i zbożną miłość niemal równolegle, ale wciąż owocowała im tylko ziemia. Czysty rasowo owczarek Harnaś zamiast kierdla pilnował ich karesów, bo dzieciaki z okolic, a i młodzieniaszkowie samotni chętnie pobraliby nauki przedmałżeńskie przez zapatrzenie. Hrubi zaszywali się w pościeli pszenicznej tak, by się kochać niedosiężnie dla drzew okalających ich hektarek, tam bowiem, wśród gałęzi, nieproszona widownia kończyła zwykle ucieczkę przed cerberem podhalańskim, obszczekiwana nieoczekiwanie przez Harnasia.

Józuś, dostając mnie pod dach swój na wakacje, musiał się upewnić, że odwróci moją uwagę, że oślepnę w świetle rozkojarzeń, że sny mnie wymną, że będę dostatecznie nieobecny, by ze słychu ni widu niecnego korzyści nie czerpać, by dziurka od klucza ani okna do ich izby sypialnej na pokuszenie mnie nie wiodły. Tegoż więc ranka pierwszego, kiedy Józuś stwierdził, że się do roboty nie nadam, powiódł mnie pod płot swoich kumów i palcem wskazującym nadał nowy rytm mojemu sercu, palcem skazał mnie na dziewczyneczkę ulepioną ze wszystkich moich przeczuć miłosnych, po sąsieku boso stąpającą, po sąsiedzku zamieszkałą Marylkę, córuś Bachledy-Semiota, bacującego od redyku do redyku gdzieś pod Wołowcem.

— Patrzoj... — powiedział Józuś zupełnie zbędnie, bo byłem już przyparty do płotu, z nosem między deskami, gotowym do utarcia — ...i działoj — dodał na odchodnym, już pewien sukcesu, widząc mnie poddanego hipnozie skutecznej, wiedząc, że pętał mu się pod nogami nie będę, że wikt i opierunek z jego strony wystarczą, bo dnie i noce będę z Marylką spędzał krowy, na jawie i we śnie, bo od pierwszego wejrzenia na moje otumanienie Józuś był pewien, że plan jego się powiódł – nie ma bowiem szczeniaka spokojniejszego niż szczeniak zakochany. Pierwsze dwa dni przestałem w ukryciu, patrząc na jej dziewczęcą gospodarność, patrząc, jak się pochyla nad studnią, jak krząta, wychylałem się, szukałem nowych miejsc obserwacyjnych, by lepiej widzieć, że bielizna była dla niej zbytkiem. Wypatrywałem na jej kolanach i łokciach blizn zamierzchłych, śladów potknięć przy grze w klasy albo przedzierania się przez suchy las; o tak, zamiast bielizny nosiła blizny dziecięce, pięknie zasklepione, co przypominało o jej niedawnym jeszcze rozhasaniu, przedwcześnie przygaszonym nadmiarem dorosłych obowiązków; byłem pod urokiem jej blizn, ukochałem zaś ich królową, cudną szramkę na czole, którą kiedyś sobie wyskakała, no chyba że to na przykład ospa dziecięca tak ją dziabnęła dozgonnie.

– Działoj! – trzeciego dnia poczułem łapsko Józusia wyrywające mnie z odrętwienia potężnym klepnięciem ku zachęcie. – Stois i stois przy tym płocie, juz Harnaś cie ojscoł dwa razy, rus-ze sie!

Wepchnął mnie przez furtkę i zawołał:

– Maryś, weźze nauc tego cepra doić!

I poszedł, rechocząc, za Józusiową, z kosą przewieszoną przez ramię, a ja, zatoczywszy się pośrodku podwórka, stanąłem twarzą w jej twarz w zaniemówieniu. Nawet się nie zdziwiła, kiwnęła głową, żebym szedł za nią, więc poszedłem.

Stanąłem w drzwiach, wstydliwie grając na zwłokę, niby to czytając z zainteresowaniem: „Witojcie ku nom" (ręka świecka wyryła), „K+M+B 19.4" (ręka święcona wypisała, jedna cyfra się starła, nie było więc wiadomo, czy to zeszłoroczne kolędowanie uwiecznione, czy ślad zamierzchłej gościny bożej) – stałem w drzwiach, nie śmiejąc wejść głębiej, wpatrywałem się w napisy, jakbym hieroglifom się przyglądał, wczytywałem się, żeby odwlec moment przestąpienia progu zażyłości, albowiem nie do stajni stopy Marylkowe się udały, ale w głąb domu, w kuchenny zaduch, w intymność zapachów domowych. Stałem, rozmyślając po miejsku o butach, rozmyślałem o tym, że stopy Marylkowe, przywykłe do bosości, do traw, do gumien, nie ulegają zasmrodzeniu, są już za pan brat z ziemią, jak ziemia pachną, w rosie się myją, a moje stopy przewlekle obute, roniące pot w opresjach szkolnych, kościelnych i domowych, przy klasówkach, przy spowiedziach, przy połajankach, w sandałkach, w lakierkach, w kapciuszkach, moje stopy zawsze powinienem trzymać od zawietrznej.

Były takie wsie na Podhalu, w których buty wkładano dopiero na pierwsze śniegi, bose stopy mieszkańców przez letnie miesiące rogowaciały i obrastały twardym koturnem, który wchłaniał kamyki, patyczki, liście, stawał się przyklejoną od spodu historią przemierzanych dróg; jesienią, kiedy pierwsze szrony bieliły trawę, całymi rodzinami zasiadano do góralskiego pedikiuru, gazda siadał z nożem przy wiadrze i od dzieci zaczynając, odkrawał odciskowe podeszwy. Rzadko kiedy wytrwali w bosości do Andrzeja, przeto wróżyli sobie awansem ze skarbów przydepniętych, wpieczętowanych, zeskrobanych z podbicia. Jeśli któremu poza okruchami żwiru i drzazgami leśnymi wkleił się w stopę pieniążek, rodzinie wieszczyło to lata dostatnie.

Ale słyszałem też o osadzie ukrytej gdzieś w smukłej świerczynie, założonej przez zbłąkanych kłusowników, którym sił zabrakło, żeby rozpoznać drogi powrotne; i jeśli zwykle śnieg tatrzański poczynał topnieć w maju, by już od sierpnia radośnie witać przymrozki – tam słońce docierało z rzadka do czubków dachów, mróz ścielił się cieniście przez cały rok, para diabłu z gęby buchała zamiast siarki, kiedy mówił dobranoc w tej okolicy siarczystej; tam konie mróz podkuwał lodem, przeto wszelka istota żywa, ludzka, psia, końska czy inna kopytna, nosiła onuce i buty.

– Heboj ku izbie! – usłyszałem wreszcie przestraszony głos Marylki i uznałem go za usprawiedliwienie wejścia w butach do tego domu, mimo że zobaczyłem w sieni skromną wystawę kamaszy. Skręciłem na kuchnię, deski zaskrzypiały mi pod nogami. Przywarłem do podłogi, a pod nią odłogiem piszczeli biedy bezczelne szelesty, bieda, że ucho przyłóż, bieda, że oko wykol. Wiedziałem odtąd, że biedę pokochać będę musiał, że wszelkie jej ślady są jak pieprzyki na młodej skórze Marylkowej, że Nędza – ów przydomek podtatrzański, z biedy oswojonej i pokochanej się wykluł, bo przecie wszyscyśmy równi w miłości;

bo nie ma w świecie mienia większego niż mieć siebie nawzajem.

Marylka sama radziła sobie, rad cudzych słuchać nie miała od kogo, ojciec owce pędził z halnym w kapocie, matka przy porodzie oszalała po to, by zemrzeć w połogu. Stary Semiot do wsi zachodził nie częściej od zarazy, przeto niosły się po wsiach szepty o tym, że żywicę wyjada jak miód i może potem na samym serze owczym wytrzymać miesiącami, że nie zarost, tylko sierść go pokrywa, bo już całkiem zniedźwiedział, i kto wie, czy żyje w ogóle jeszcze, bo ratułowiacy wykłusowali wiosną misia w Międzyścianach (któryś tam weselisko odprawiał, mięsiwem dzikim chciał wieś częstować, ale biesiadnicy nad talerzami zamarli, kiedy stary wójt, co jeszcze głód syberyjski pamiętał, po pierwszym kęsie wykrakał: „Nie rusojcie tego, to ludzina!!").

Wedle słuchów, które się we mnie docierały, łaknąłem więc córki niedźwiedziołaka. Ale w tej krainie na wszystko bym przystał, byle nie przystanąć w drodze do szkoły kochania, jaką pielesze Marylkowe okazały mi się szybciej, niżbym pomyślał o egzaminie wstępnym.

Czekałem, aż zapiszczy z pokoju na znak gotowości. Że może już ze mną w izbie w ciżbie w łóżku po rodzicach pierzynę w perzynę obrócić z chichotem. No to mnie miała. Mnie mały wystarczał z ust do ust haust powietrza, lecz powierzaliśmy sobie miejsca poufne i zapadali w siebie jak w śnieg.

Postanowiłem się nauczyć góralskiego. Ale to nie takie proste, choć nasze języki miały się ku sobie, zlizywaliśmy z siebie słowa, nie dając im wypowiedzeń; nie takie proste, mimo moich wysiłków, byśmy się językami wymienili, bo byliśmy na językach naszych ciał, każda piędź skóry opowiadała dreszczem nasze noce, każdy splot plotkował o naszym kochaniu. Jej góralszczyzna, którą starałem się odsączyć od sączonych kącikiem warg mamrotań rozkosznych, była dla mnie nielogiczna; kiedy już mi się zdało, że regułę jakąś poznałem, okazywała się tylko zbiegiem wyjątków.

Szeptała do mnie, szeptała tak lśniąco, jakby dwie krople śliny na wardze, kropla w kroplę, kubek w kubek, a ja jak kadłubek bezradny, bo ręce i nogi miały mnie za nic, odmawiały posłuchu, bom się poddawał splotom, pieszczotom, wszystkiemu w dwójnasób, podwójnie, raz po raz. Tak się sobie zwierzaliśmy cieleśnie, rozkładając bezradnie to i owo wobec bezużytecznej mowy, oferując sobie odszkodowania migowe, od których rozmigotały mi się przedsionki, cały byłem w przedsionkach, w prześcieradłach, ech... Rozdrabniała mi skórę na skórkę gęsią, a ja się czułem częścią czegoś większego niż na co dzień, czułem, że świat we mnie wzbiera, że jestem jak najbardziej na miejscu, w tym miejscu; bo razem mieliśmy tyle ust, tyle nóg, tyle dusz, „ty lepiej się masz ode mnie", zdawał się mówić Bóg z obrazka na ścianie, co czuwał nad łożem sakramentalnym.

Aż popołudnia któregoś z tych najobfitszych ona mnie prosi, żebym jej szukał weszek. Ja się dziwię, no bardzo się zadziwiam, pytam:

— Ty masz wszy?

A ona się dziwi jeszcze bardziej, patrzy na mnie, pyta:

— A to ty ni mos?!

Jak mogłem nie wiedzieć, przeoczyć, ja – który nas chciałem zaszyć w siebie nie do odprucia, który nas chciałem złączyć jak bąbelki pod lodem, jak morze z zatoką po sztormie; przecież wszelkie znaki biedy miały być runami mojego podbrzusza – jak mogłem dopuścić, by się objawił fakt dzielący nas tak bezwzględnie? Oczęta jej się zaszkliły i zanim przeciekły, zdążyłem w nich zobaczyć trawę, szczaw, ździebełko, którym się bawiła smutno, milcząco, siedząc z brodą wspartą na kolanie, na polanie pod Lejową, gdzieśmy po krowy przyszli się zasiedzieć po stronie cienia. Wstała i poszła postronki odwiązywać, ze wstydem, popłakując, kłując mnie w serce żałośnie.

Zacząłem ją błagać o litość, prosiłem o dłoń, a podała mi sznur krowi, i nic nie mówiąc, szliśmy krok w krok, swoje krowy wiodąc, krowy miały swoje gzy, ona swoje wszy, ja swoje łzy przełykane. A kiedy doszliśmy do chałupy, kiedyśmy krowy zamknęli, ona, nawet nie patrząc na mnie, rzekła pod nosem „to idem", a ja ją wtedy za kieckę i dalejże prosić, żeby nie obrażała się, nie odchodziła, lecz by oddała mi kilka swoich weszek, aby się mogły na mnie rozmnożyć. Czułem, że tylko w ten sposób stanę się wreszcie równie biedny, stanę się jej zawszonym pastuszkiem, czułem, że nie będę już musiał nawet udawać seplenienia góralskiego, nasze wszy porozumieją się ponad podziałami, nic nas nie może zjednoczyć lepiej, nic nas nie może lepiej pojednać.

Poprosiłem choć o garsteczkę, choć o parkę, już by się z niej wykluło, co trzeba.

Na tę prośbę schyliła ku mnie głowę i dała sobie rozpleść warkocze. Włosy jej długie czarne, jej długie czarne włosy, czarne jej włosy długie zobaczyłem, bez gumek wsuwek spinek odrapanych, takie włosy do naga rozebrane, rozpuściły się jej włosy nade mną i przesłoniły mi światło, jak świat łopian przesłaniał, gdyśmy chadzali „do potoka" po to kamieniste okrągłe na podmurówkę (otoczaki, otoczaki, nigdy nie spamiętam). I wziąłem te włosy między palce delikatnie, żeby nie rozsypać, żeby mi nie wyciekły, nie wsiąkły na zawsze w ziemię, i piłem z tych włosów ciemność bezpieczną, wcierałem, wplatałem, wgłaskiwałem w swoje mieszczańskie kędziory świńskiego blondaska, w swoją obrzydliwą czystość, w swoje skalanie grzecznym zapaszkiem matczynej troski, szamponików, nienagannych manier łaziebnych, w swą wredną ceperską fryzurkę. Oplotłem się jej włosami jak turbanem. To była nowa jakość poufności, bo choć przedtem zwierzaliśmy sobie tajemnice skórne ręcznie i ustnie, to pierwszy raz czułem się aż tak obdarowany. Czułem, jak jej wszy migrują do mojej blond prowincji, jak wprowadzają się całymi rodzinami na mój czerep, jak moszczą sobie wyrka na mojej skórze, klecą dachy z moich kołtunów i wygryzają daty pod powałą. Zadomawiają się mrowiąco, panoszą się swędząco, zapełniają szczelnie pustostany moich loczków, mozolnie użyźniają nieużytki, znaczą łupieżem graniczne miedze, upijają się krwią na cześć *terra deflorata* mojego łba.

Nasze spotkania kończyły się teraz niezmiennie tym cudownym iskaniem, tymi wędrówkami palców-szperaczy po gęstwinie włosów, i zatracić się chciałem w tym zawszeniu na zawsze.

Matka Józusia pierwsza spostrzegła, że drapię się częściej od Harnasia, choć do jego sierści co czwartek zjeżdżały się wszystkie okoliczne pchły na targ.

Józuś sklął świat w posadach, pojechał aż na Krzeptówki do apteki celem kupna środków masowego rażenia dla mojej włosowej menażerii. Jego baby miały mnie pilnować. Od Marylki odgrodzić, odwieść, uleczyć. Bo się powrót rodzica zbliżał, bo się sierpień miał ku jesieni, bo na pamiątkę wakacyjną mogłem sobie wybrać wszystko, ale nie wszy.

Zamknęli mnie w chałupie, chodziłem owinięty w turban z ręcznika, śmierdząc płynem morderczym, i czułem, że noszę na sobie grób masowy, że to prawdziwa rzeź niewiniątek, że wieczna rozłąka czeka rodziny, które ten pogrom rozdzielił. Marylki nie mogłem spotkać. Psubraty, chcieli mi ją obrzydzić, opowiadali, że je psi smalec (tak jakby ona jedna; sam ojciec mi opowiadał, że za młodu, przyjeżdżając do wsi, nie mógł się nadziwić, że co lato gospodarze mają innego burka; tak tak, psie sadło zdrowe i tanie). Mówili, że kiedy się urodziła, klątwa na wieś padła i przez rok żadna witowianka nie urodziła sama, wszystkie przenosiły ciążę aż po skalpel cesarski. Im bardziej chcieli mnie nastraszyć, tym więcej we mnie wyło za nią z tęsknoty, pociechą mi było tylko, że jest tam za płotem, że przecież żyje, stąpa, biega, jaka była przede mną, jaka i po mnie będzie.

W deszczową Zielną zabrali mnie furą na Rusinową Polanę. Chciałem wymodlić u Wniebowziętej choć obierzyny szczęścia. Musiała moich żalów od dawna słuchać, bo po pierwszej zdrowaśce zobaczyłem Marylkę. W stroju cudnym góralskim, czystym, odświętnym. Zatopioną w pieśni. Wymknąłem się Józusiowi podczas Podniesienia, kiedy głowę pochylił i bił się w piersi, chyłkiem przemknąłem w Marylkowy kącik, z palcem na ustach porwałem ją za rączkę różańcem oplecioną i w las wbiegliśmy, i przez wykroty, przez drapiące gałęzie, w pędzie, w ucieczce dotarliśmy aż na trawiastą gładź Gęsiej Szyi. I legliśmy wsłuchiwać się w swoje dyszenia.

Potem poszliśmy, ręka w rękę, górą, turnie mijając stojące na baczność, wyciosane w gniewie Bożym, ale i grzbiety łagodne jak nakarmiony koń w stajni, którego można poklepać przyjacielsko, któremu można głaskać filcowe chrapy, który śpi na stojąco. Im dalej szliśmy, tym bardziej góry łagodniały, ulepione już raczej i wygładzone przez Boga wtedy, kiedy się rozczulił. Szliśmy dniem i nocą, świtami stąpając wzdłuż granicy cienia, jedną nogą depcząc po szronie, drugą po rozgrzanych trawkach.

I wreszcie przyszły leśne godziny występne, rozchichotane zapędy uroczyskowe, mleczne pocałunki, poranne krople śliny lśniącej naskórkowo, cali byliśmy oblepieni pajęczynkami pocałunków...

A kiedy nocą przy ognisku w Dudowej czuwałem nad snem Marylki, na moich kolanach zwiniętej, już tęskniłem za nią, wiedząc, że to jeszcze jedno z minięć bezpowrotnych właśnie się dokonuje.

Wracaliśmy, tuż przed wsią jeszcze rozstanie odwlekając, przeczuwając, że po naszym ujawnieniu czasu nam nie dadzą, by się pożegnać, i kiedy tak w ostatniej piędzi lasu skryty chciałem zapłakać po Bożemu, na konto tęsknoty, Marylka roześmiała się do rozpuku. Jakież to było zmyślne stworzenie: po co płakać przy pożegnaniu, przecież to, co raz się wydarzyło w czasie, powtarza się bez przerwy w wieczności, zrozumiałem, że ona się śmieje, bo mimo tej paniki rozstania dławięcej okolice mostka wciąż jeszcze przewracaliśmy się z boku na bok we wspólnej bezsenności, wciąż jeszcze ułożeni jak łyżeczki czuliśmy sen poranny, czuliśmy, jak nas okrywa prześcieradłem świtu – i zaraziła mnie tym uwiecznieniem, tym śmiechem, i śmialiśmy się już razem, była mi do śmiechu, o tak.

*

A potem, a potem byłem już tylko kłopotem, śladem nieudanej miłości, wyrzutem sumienia – matka czekała u Józusiów z całym zapasem histerii, zabrała mnie do domu, zanim się zdążyłem przeżegnać; ojcu zostały weekendy i wakacje.

Odtąd przez lata wyrywali mnie sobie, przekazywali, podrzucali, pospiesznie, nerwowo, ponuro, pouczali, prostowali, nastawiali jedno przeciw drugiemu, jakby im było spieszno zabrać mi dzieciństwo.

Jakby nie wiedzieli, że sami sobie odbierają życie.

Do wsi wróciłem po latach z ojcem, kiedy został chrzestnym pięciorga dzieciaków naraz

(Józusiowie zamęczyli w końcu Boga prośbami, więc im hurtowo wynagrodził lata bezdzietne). Marylkę zobaczyłem na pogrzebie matki Hrubego (na wieść o narodzinach pięciorakich wnucząt dostała zawału obu serc, obiecała sobie tylko, że dożyje ich chrzcin; można rzec, że umarła z radości). Marylka, córuś lokisa Bachledy, moja pierwsza jedyna, miała oto włosy nieco przypalone trwałą, zafarbowane na modny w okolicy jasny fiolet, miała także niedźwiedziowatego męża z wąsem i firmą AGD, do którego w chwilach czułości mówiła „misiu", wobec czego nieistotne były moje dociekania, czy już nosi bieliznę. Piętno rodzinne kazało jej stracić głowę dla mężczyzny z najgęstszą sierścią na bujnym torsie; moja wiecznie chłopięca skóra, rozpięta na masztach żeber, czyniła mnie już dozgonnie wykluczonym z pola jej względów.

interludium
(F.Ch. op. 28 nr 15)

— Antoni!

Zofia stoi w otwartym oknie, wychyla się, mru-
ży oczy, bo słońce się odbija od masek samochodów,
od szyb, i razi, słońce w asfalt się wtapia od gorąca, od
spiekoty, w taki upał mogą się zdarzyć harce wzroku,
omamy, zwidy, a Zofia, okno otworzywszy, żeby prze-
wietrzyć, żeby sprawdzić, czy z oknem otwartym bę-
dzie chłodniej, wyjrzała i zobaczyła nieprawdopodo-
bieństwo, że ulicą, że idzie, że on, Wiktor, Zofia woła
więc męża z głębi mieszkania, żeby potwierdził, zwe-
ryfikował ten widok, woła go usilnie:

— Antoni! Antoni!

Antoni odkłada gazetę, zmienia okulary, fotel
stęka sprężyście, kiedy Antoni ociężale się podnosi,
podchodzi do okna, wychyla się obok Zofii, spogląda
wzdłuż ulicy, spostrzega, że idzie, ulicą, on.

— Wiktor? — *Zofia już nie patrzy na ulicę, te-*
raz patrzy tylko na twarz męża, z jej wyrazu chce
wyczytać prawdę, czy jej serce matczyne już się

w tęsknocie zawieruszyło, czy jej się w mózgu otwarła galeria obrazów rozpaczy, Zofia chce wiedzieć, czy to jej syn idzie ulicą, czy może szaleństwo nadchodzi w ten dzień bezwietrzny, w ten dzień ptasiej ciszy.

— Wiktor...

Antoni wypowiada imię syna, jakby je właśnie wymyślił, jakby obracał w dłoniach i sprawdzał, czy jest właściwe dla jego potomka, jakby właśnie za chwilę miał go ochrzcić, naznaczyć na całe życie; Antoni widzi bowiem, że pustą ulicą wprost do ich domu zmierza krokiem pewnym własnej drogi, krokiem nieustępliwym jego syn i macha mu na powitanie, bo już zauważył rodziców z okna mu się przyglądających, jeszcze nie wierzących własnym oczom, jeszcze posądzających własne oczy o konszachty z diabłem; Antoni widzi syna po raz pierwszy od siedmiu lat.

Zofia już wierzy, już wie, już jest pewna, bo nie potrafi powstrzymać łez, Zofia cofa się w głąb pokoju i płacze pospiesznie, nerwowo, płacze tak, żeby wszystko zdążyć wypłakać, zanim syn zapuka do drzwi, żeby zdążyć obmyć twarz, zanim mu otworzy; Zofia nie widziała syna od siedmiu lat. Zofia i Antoni nie spotkali syna od siedmiu lat, od kiedy odszedł z domu, zabierając wszystko, co dla niego oszczędzali (tak mawia Zofia), od kiedy uciekł z domu, okradając ich ze wszystkich oszczędności (tak mawia Antoni). Od siedmiu lat Antoni i Zofia nie są zbyt dobrze poinformowani o synu, od osób poinformowanych lepiej słyszeli, że nie powinni przesadnie dociekać, co się z nim dzieje, że on ma teraz swoje własne sprawy i jest dorosły, ma wolną wolę i prawo wyboru, teraz czasy są ciężkie, powiadali lepiej zorientowani informatorzy, nie można ot tak z góry ludzi osądzać, powiadali. W ciągu siedmiu lat Zofia tylko raz zdołała odebrać telefon od Wiktora, zwykle Antoni był szybszy, podnosił słuchawkę i na powitanie syna natychmiast ją odkładał, w ciągu siedmiu lat Wiktor zadzwonił kilka razy i ledwie się odezwał, Antoni odkładał słuchawkę; Zofia raz jeden odebrała telefon, żeby zdążyć usłyszeć od Wiktora „mamo? Mamo, to ty? Ożeniłem się... Z nią... Ty nam błogosławisz, prawda?", tyle zdążyła usłyszeć, zanim Antoni zainteresował się, kto dzwoni, odłożyła przestraszona słuchawkę, Antoni coś podejrzewał, nalegał na odpowiedź, „twój syn się ożenił" powiedziała Zofia i zaraz tego żałowała, bo Antoni wrzasnął tak, że sąsiedzi i sąsiedzi sąsiadów, i druga strona ulicy też musiała usłyszeć „JA NIE MAM SYNA!!! NIE CHCĘ NIC WIEDZIEĆ!! NIC!!".

Antoni nie odpowiada na uśmiech Wiktora, patrzy z kamienną twarzą na syna otwierającego furtkę. Wiktor nie przestaje się uśmiechać, wchodząc do domu.

Antoni słyszy płacz żony z łazienki; słyszy na schodach kroki syna, wbiegającego po dwa stopnie, jak przed laty, kiedy wracał ze szkoły, słyszy dzwonek do drzwi, potrójny, jak zwykle przed siedmiu i więcej laty; Antoni nie rusza się z miejsca.

Wiktor stoi na korytarzu przed drzwiami, czeka, puka, pukanie jest bardziej poufałym sposobem zasygnalizowania swojej obecności zza drzwi, dzwonek brzmi oficjalnie, anonimowo, a każde pukanie ma swój odrębny charakter, po pukaniu można rozpoznać człowieka, puka swój, pukanie mówi „otwórzcie, przecież to ja". Wiktor przypomina sobie, jak pukał przed laty, w rytm deszczowej piosenki, puka ponownie.

Zofia słyszy pukanie syna, ale nie może przestać płakać, obmywa twarz zimną wodą w łazience i już chce biec, by otworzyć, ale nowa fala łez ją dławi i każe zawrócić jeszcze raz do łazienki, przecież nie

*może stanąć w drzwiach zapłakana, wraca, zimna wo-
da ochładza łzy, ale tylko na moment, Zofia nie może
przestać płakać, a Wiktor już pewnie się niecierpliwi,
Zofia patrzy w lustro, makijaż się zmył, nie może tak
otworzyć Wiktorowi, przestraszyłby się, że tak się
zestarzała, musi się przygotować, idzie więc do pokoju, gdzie Antoni siedzi w fotelu bez ruchu, Zofia patrzy
na niego z wyrzutem, wskazuje drzwi, zwraca uwagę:*

    – Antoni...

    *Ale mąż kręci głową na znak protestu, nie chce
otworzyć, nie chce widzieć Wiktora, tyle razy obiecywał sobie, że synowi wyrodnemu ręki nie poda, tyle
razy powtarzał, że nie ma już syna, teraz musi być
konsekwentny. Przez cały ten czas nie odebrał żadnego
listu ani telefonu – wszystko tylko pośrednio, od znajomych, od sąsiadów, od krewnych, co to za ptak, co
własne gniazdo kala, powtarzał Antoni siedem lat; on
się nas wyparł, za to, żeśmy go wychowali, wykształci-
li, wykarmili, nie może odżałować Antoni od siedmiu
lat. Przed siedmiu laty tylko jeden karteluszek, niedbale zapisany na odchodnym, który miał wszystko
załatwić; Antoni do dziś pamięta jego treść, choć
więcej już na niego nie spoglądał, w przeciwieństwie
do Zofii, trzymającej ten liścik w szufladzie jak reli-
wię, czytającej go, przy świetle dziennym i nocnym, we*

wszystkie strony, jakby chciała między wersami jakiś szyfr odnaleźć.

Wiktor nie pamięta dokładnie, co napisał przed siedmiu laty, ale pamięta strach i desperację; strach przed gniewem ojca i żalem matki, przez pierwsze tygodnie nie mógł przestać myśleć o tym, że ojciec w końcu go znajdzie i się zemści, nie potrafił też przestać zadręczać się zdrowiem matki, tym, że jej serce pęknie. Wiktor pamięta niedokładnie, że napisał coś o Ance, o kamieniu na sercu, o miłości jak letni śnieg, no i o pieniądzach, musiało być coś o pieniądzach, które im zabrał. Wiktor zaczyna się niepokoić, czemu tak długo nie otwierają, zastanawia się, czy ich żal przez siedem lat mógł nie zelżeć, czy to możliwe, że przez tych siedem lat nie zrozumieli, że ich władza nad nim skończyła się w dniu, w którym zaczęli ją budować na pieniądzach, czy to możliwe, że ojciec przez te wszystkie lata nie pojął, że to nie była kradzież, że dzieci nie mogą okradać swoich rodziców, po prostu nie wszystkie chcą czekać, nie wszystkie chcą zasługiwać, niektóre postanawiają przedwcześnie i niezapowiedzianie zabrać swoją dolę i usamodzielnić się, nie poprosiwszy o zgodę i błogosławieństwo.

*Antoni słyszy, że pod dom podjeżdża samo-
chód, nie rozpoznaje odgłosu silnika, wstaje i spogląda
przez okno, widzi policjantów pospiesznie wychodzą-
cych z radiowozu i wbiegających do budynku.*

*Zofia rozpoznaje deszczową piosenkę wypuka-
ną przez syna, nie może już dłużej wytrzymać, otwiera, widzi policjanta siedzącego na plecach Wiktora
i wykręcającego mu ręce i drugiego, który mu właśnie
skuwa nadgarstki.*

*Wiktor nie może podnieść głowy, słyszy więc
tylko krzyk matki i głos policjanta, który stanowczo
wpycha ją z powrotem do mieszkania i tłumaczy, żeby
zachowała spokój. Wiktor przyduszony przez policjanta nie może nawet wydobyć z siebie słowa. Wiktor nie
może odżałować, że nie zdążył wejść do rodziców.
Nie spodziewał się, że zostanie namierzony tak prędko.
Wymyśliło mu się niedzielne pojednanie przy rosole,
tak jak przed laty, kiedy wszystko było proste, kiedy
meble były takie duże, że aby odejść od stołu, trzeba
było zeskoczyć z krzesła na podłogę; kiedy w nocy
wystarczyło zawołać mamę, żeby przepędzić zły sen.*

Antoni obejmuje roztrzęsioną Zofię i słucha policjanta, który tłumaczy, że Wiktor jest aresztowany z podejrzeniem o zabójstwo, dalej już nic nie słyszy, nawet Zofii, która zalana łzami pyta, kogo mógł zabić Wiktor, a zaraz potem sama sobie odpowiada, że jej syn nie skrzywdziłby nawet muchy, policjant nie udziela odpowiedzi, policjant nie ma stosownych kompetencji, policjant przeprasza, ale wykonuje tylko swój obowiązek, policjant uprzedza, że w swoim czasie oboje zostaną wezwani celem przesłuchania na okoliczność; Zofia wyrywa się Antoniemu, chce zobaczyć twarz Wiktora, biegnie do okna, widzi, jak go wpychają do radiowozu, ale Wiktor ma głowę nakrytą kurtką.

Zofia stoi w otwartym oknie, wychyla się, mruży oczy, bo słońce się odbija od maski odjeżdżającego radiowozu, od szyb, i razi, słońce w asfalt się wtapia od gorąca, od spiekoty. W taki upał mogły się zdarzyć harce wzroku, omamy, zwidy, w taki dzień można zobaczyć, a i przeżyć nieprawdopodobieństwo, Zofia woła więc męża z głębi mieszkania, żeby potwierdził, zweryfikował to, co się wydarzyło, czy coś się wydarzyło, czy mogło się coś wydarzyć.

— Antoni...

Widmokrąg

A kiedy już się nakochaliśmy, zawijała się w prześcieradło jak w kokon, nic dla mnie nie zostawiając poza kołdrą lub kocem, musiałem leżeć na tej szorstkiej powierzchni tapczanu, bo przecież w kołdrę ani w koc zawinąć się nie mogłem, na to było za ciepło, to były ciepłe czasy, najcieplejsze. A kiedy już w całości i bez reszty uległa scałowaniu, kiedy już zawinęła się szczelnie, spozierała na mnie zawstydzona, jakby teraz dopiero ta jej nagość, i tak w półmroku rozproszona, wstydliwą się stawała (okulary, gdzież je znowu, pod łóżkiem gdzieś położyłem, nie chce się szukać, rano poszukam, ale trzeba uważać, żeby nie nadepnąć, że też nigdy się nie nauczę odkładać na widoczne miejsce). A kiedy już tak opatulona czekała, aż krew jej znów krążyć będzie równomiernie, wiedziałem, że wdzierać mi się w tę strefę prześcieradlaną nie wolno, że teraz ona musi się ze sobą na powrót oswoić, musi poczuć, że od piersi po czubki palców, od pachwin po czoło, wewnętrznie i naskórkowo, należy do siebie, że to, co mnie oddała na pastwę, teraz już do niej wróciło i przeprasza za nieobecność, za niewierność, za nieokrzesanie, prosi ją o wybaczenie, całe ciało zwinięte w kłębek i zapakowane w prześcieradło wraca do niej pokornie, żeby sobie nikt (czyli ja) nie pomyślał, że miłość daje stały abonament na jego przychylność.

Był czujny, wiedział, jakich pytań lepiej nie zadawać, kiedy milczeć, kiedy dotykać, kiedy być i kiedy zniknąć, on to wiedział lepiej ode mnie, och, przy nim byłam pewna, że nie usłyszę czegoś w rodzaju „czy tak jest dobrze? Powiedz, tak? Czy może inaczej?", że nie usłyszę potem „no i jak było?" albo co gorsza „ilu ich miałaś przede mną?", że nie zacznie mnie nagabywać, że będzie w takim stopniu, żebym czuła go przy sobie i jednocześnie do niego tęskniła; on po prostu był czujny, tak, to najlepsze słowo. Czujny w taki czuły sposób.

A kiedy już stawały się jasne ptaki za oknem, i to, że noc się nam nie przespała w całości, i to, że zaraz się cienie rozpuszczą, poruszałem się delikatnie, delikatniutko, tak żeby nawet ćwierć sprężynki gdzieś tam pod nami się nie zająknęło, zbliżałem nos do jej szyi i sprawdzałem, czy ona już snem pachnie. A kiedy już pachniała, sprawdzałem ostrożnie, czy aby na pewno wszystko w niej zasnęło, bo sen, by mógł się wyśnić w pełni i do syta, musi ogarniać całościowo, pilnowałem tego, jak mogłem, patrzyłem na jej włosy rozsypane na poduszce, czy aby nie zamarły tylko na chwilę pod moim spojrzeniem, a naprawdę spać im się nie chce i wędrówki sobie urządzają poduszkowe, wpatrywałem się i jeśli przyłapałem je na niespokojnościach, przygłaskiwałem je do porządku, głaskałem im kołysankę, żeby się w sen wplotły. A kiedy już i włosy snem zapachniały, nie odwijając jej porannego całunu, sprawdzałem dłonią każdy fragment jej ciała, każdy mięsień, czy czasem nie zdradza napięcia, tym samym jej sen zdradzając, a jeśliby taki się dał przyłapać, dotykiem go zmiękczałem, rozluźniałem, usypiałem. A kiedy już wiedziałem, że wszystko w niej śpi na dobre, musiałem ten sen zaprogramować, musiałem nadać mu właściwy posmak, żeby żadna zmora na jej piersiach nie przysiadła, żeby do uszu przekleństw nie szeptała, żeby jej sobie za megafon nie wzięła i nie zaczęła przez sen wykrzykiwać swoich bełkotliwych straszliwości, od których tylko pot, łzy i przewracania z boku na bok; brałem tedy los jej snu w swoje ręce, poprzez piersi ostateczną pieszczotą lakowałem kopertę z dobrym snem, pieszczotą ostateczną, acz cierpliwą, bo przestawałem dopiero wtedy, kiedy na jej wargach zagościł strażnik snów łaskawych: nieprzytomny uśmiech.

Nie wiem, kiedy zasypiał, nigdy mi się nie udało zasnąć po nim i obudzić przed nim, zawsze kiedy się budziłam, był przy mnie i – to jest ważne, to było dla mnie naprawdę ważne – nigdy nie zdarzyło mu się w łóżku odwrócić do mnie plecami. Och, raz tylko widziałam go śpiącego, nie mogłam się wydostać z klatki schodowej, dziwna historia, nigdy wcześniej nie zastałam na dole zamkniętych drzwi, widocznie zaczęto w bloku wprowadzać nowe zwyczaje, że niby tu już taka średnia klasa, znaczy, jeszcze nie zarobkowo, ale już przynajmniej mentalnie, no więc każdy mieszkaniec musi mieć klucz od drzwi wejściowych, no i nikt nie wejdzie ani nie wyjdzie bez zgody gospodarza, wróciłam więc, zadzwoniłam, ale nie otworzył (on zawsze otwierał, jakby stał tuż przy drzwiach, właściwie to było tak, jakbym, przyciskając guzik, uruchamiała jednocześnie sygnał i automatycznego odźwiernego, nigdy nie czekałam ani chwili – pewnie po prostu widział mnie z okna, a to by znaczyło, że wypatrywał...), więc pomyślałam, może sobie pozwolił na sen, pewny, że mnie teraz przez dłuższy czas nie zobaczy, że ja go nie zobaczę śpiącego, wyjęłam klucze i otworzyłam, to wszystko musiało być dość hałaśliwe, szczęk tych kluczy, stukot obcasów, chwilowa krzątanina w przedpokoju, zanim znalazłam w jego kurtce właściwy pęk, później kątem oka zauważyłam przez uchylone drzwi pokoju fragment kołdry. Weszłam tam i omal nie wrzasnęłam ze strachu – leżał na wznak z otwartymi oczami i mnie nie widział, wyglądał, jakby był martwy, a więc nawet śpiąc, miał otwarte oczy, gdyby nie to, że koc wyraźnie i miarowo poruszał się w rytm jego oddechu, byłabym pewna, że zmarł. Pewna, że zmarł.

A kiedy już jej nie było w mieszkaniu, kiedy wychodziła razem ze swoim stukotem obcasowym korytarzowym niknącym, potem na dole, pod budynkiem w innych stukotach ulicznych na dobre się rozpływającym, kiedy już został mi tylko jej zapach – okno zamykałem, żeby go nie wypuszczać, i włosy pojedyncze odnajdywałem gdzieniegdzie na kocu, na koszuli mojej, koszuli, którą uwielbiała wkładać do nocnych bezsenności, rozmów, na balkon wychodzeń i przeciągnięć księżycowych, gęsich skórek, do łóżka powracań, do wtuleń. A kiedy już tylko zapach i włosy i jej ślady pomniejsze ze mną zostały, byłem jak pies, który nigdy pojąć nie zdoła, że pani wyszła po to, by wrócić, bo panie zawsze wychodzą na zawsze, a my, psy, za każdym razem umieramy na ostateczne osamotnienie, tedy każdy ich powrót do nas jest powrotem niespodziewanym i wskrzeszającym. A kiedy tak już znikała, myślała mi się nieprzerwanie, skórą, krwią, tętnem, i usiłowałem sobie przypomnieć jej twarz, i z tęsknoty nie mogłem, i bez skutku próbowałem sobie uzmysłowić, skąd się znamy, kim jesteśmy, kiedyśmy się zaczęli. Kiedy jej nie było, to nie było jej odwiecznie; kiedy wracała, nie pamiętałem, żebyśmy się kiedykolwiek rozstawali.

Zaczęłam mieć kłopoty z pamięcią. Przy intensywnym trybie życia, przy takiej harówce w firmie od rana do wieczora człowiek się często łapie na tym, że nie pamięta tego wszystkiego, co jest na zewnątrz, niby po co w kąciku ekranu umieszcza się w komputerach datowniki, właśnie o to chodzi, żebyś nawet tego pamiętać nie musiał, po co ci wiedza, jaki to dzień, czas nie należy do ciebie, sprzedałeś go pracodawcy, nie powinieneś zaprzątać sobie głowy upominaniem się o czas; właściwie gdybyś zapomniał, jak się nazywasz, też nic by się nie stało, nie chodzi o twoje imię, dobre czy złe, chodzi o twoją funkcjonalność. Ech, nieważne, w każdym razie takie drobne zapomnienia zdarzały się na porządku dziennym, nie było w nich nic niepokojącego. Prawdziwe kłopoty z pamięcią zaczęłam mieć... no właśnie, nawet tego nie pamiętam, chyba po prostu wyszłam od niego nieco później, tak że uciekł mi autobus, chciałam zadzwonić do firmy i uprzedzić, że się spóźnię, i właśnie wtedy, właśnie wtedy, nagle: pustka. Jaka firma, co to jest firma, co to za słowo, nazwa ryby, czy wyszłam do smażalni na firmę, czy chodzi o filet, co ja tu robię, co to znaczy robię, co to znaczy ja, dlaczego jego nie ma przy mnie, dlaczego nie jestem z nim w łóżku, czy może być jakikolwiek powód usprawiedliwiający moje wyjście z jego łóżka, co ten telefon robi w moim ręku, jak się go odkłada, czy ktoś mógłby mi pomóc?

Znajomy psychiatra opowiadał, że nerwica potrafi więcej, niż możemy sobie wyobrazić, na tym polega jej paradoks, sami ją sobie wymyślamy w podświadomości, sami ją pasiemy dla siebie, a potem nas zaskakuje objawami, których spodziewać się nie sposób, powiadał, że stres czasem wywołuje nagłą amnezję, tak jak napadowy sen u ludzi chorych na narkolepsję, że to się może zdarzyć przy zbyt dużych obciążeniach, no a przecież ta moja praca, bieganina i tak dalej... Nie, no oczywiście, że mówił „nerwica" ku pokrzepieniu mojego morale, ale patrzył tak podejrzliwie, marszcząc czoło, że ja z tych zmarszczek na czole wypisanych czytałam wprost jego zdziwienie. „Początki alzheimera? W tym wieku?"

Ale tu nie chodziło tylko o pamięć, to było nagłe poczucie kategorycznej pewności, że wszystko, co nie jest Nim, Moim Ukochanym Mężczyzną, po prostu nie istnieje, że to jest tylko niedbale zaprojektowane tło, taki niechlujny drugi plan – jak w amerykańskich serialach, gdzie wystarczy nam przenieść uwagę z działań pierwszoplanowych postaci na to ruchome tłumne tło, by zauważyć jego sztuczność, tę nienaturalną symetrię, z jaką statyści przemieszczają się z jednej strony ekranu na drugą, wszyscy tak samo, żadnej przypadkowości – tak też patrzyłam teraz na ludzi na przystanku, w autobusach i tramwajach, w samochodach, na rowerach, wciąż w tę i we w tę, biegiem, symetrycznie, nienaturalnie, w panice życia, które tłamsi i każe im z dnia na dzień stawać się n i k i m ś, widziałam te anonimowe tabuny i miałam przemożne poczucie, że jeśli tylko do któregoś się odezwę, rozłoży bezradnie ręce i będzie szukał nerwowym wzrokiem reżysera, niemo pytając go „czego ona chce, przecież ja tylko statystuję...".

Kłopoty z pamięcią nie oznaczają tylko i wyłącznie problemów z zapamiętywaniem i rozpoznaniem. To wszystko można litościwie uznać za roztargnienie, nie przejmować się, tak przecież przemyka przez życie większość tak zwanych artystów; o nie, prawdziwe kłopoty z pamięcią zaczynają się wtedy, kiedy się przypomina nie to i nie tak, jak by się chciało. Wiadomo, że déjà vu działa ledwie przez parę sekund, a swój posmak zostawia na bardzo długo. Co by było, gdyby déjà vu miało wracać coraz częściej, na coraz dłużej, by wreszcie trwać nieprzerwanie, przez wiele minut, godzin, dni? A mnie to dopadło.

A kiedy tak wpatrywałem się z bliska w meszek na jej karku, tam na przedłużeniu włosów, oprzeć się nie mogłem i językiem znaczyłem linię wzdłuż jej kręgów, dbając o to, by nie dać mojej ślinie na jej szyi wyschnąć, a zaraz potem mi się zapatrzało w jej dziurki kolczykowe, z dawien dawna nieużywane, i język mój, myśl wyprzedzając, już się w jej uchu gnieździł, a i pod uchem, a i pod drugim, i wtedy właśnie zaczynała się wiercić, już samodzielnie przedstawiając mi miejsca za śliną stęsknione, uprzejmie mnie z nimi zapoznając, dolinkę u nasady szyi, u zbiegu obojczyków wyczekującą nawilżeń, i niżej, pod obojczykami łagodne zalążki piersi, od których z wolna, z bardzo wolna, ruchem kolistym języka zataczałem spirale, nie przenosząc się z piersi na pierś, jedną pozostawiając tymczasem sam na sam z dłonią, z opuszkami palców imitujących język, zataczałem symetrycznie spirale, coraz ciaśniej okrążając utwierdzone w pragnieniu, utwardzone pragnieniem zwieńczenia jej piersiąt, aż sama mi je podawała niecierpliwie, abym z nimi w ustach wywoływał duchy z jej ust, duchy umarłych kochanków, które się w jej pomrukach i szeptach rwanych wydostawały na świat i strącały filiżanki ze stolików, i mierzwiły prześcieradła, i nakłaniały nas do tego, byśmy zarzucili delikatność na rzecz zachłanności, i poddawaliśmy się tym podszeptom, za nic sobie porządek mając, za nic sobie mając piony i poziomy, podłogi i sufity, za nic sobie mając światy i zaświaty, życia i śmierci, to wszystko nietrwałe, nieistotne, kiedy my oboje, objęci w posiadanie wzajemne, obojętnieliśmy na całą resztę, wszystko poza nami było resztą, my też byliśmy resztą, ważne było tylko to, co pomiędzy nami się wykluwało raz za razem, coraz szybciej, szybciej, coraz bliżej, bliżej, jeszcze.

Miałam przeczucia, że czas nas oszukuje, nie przypuszczałam, że oszukuje nas przez cały czas.

Zobaczyłam na ulicy faceta w kapeluszu, który z dystynkcją kłaniał się nobliwej parze, przechadzającej się pod rękę, między nich nagle wepchnęło się dziecko na rowerku, przemknęło i wytrąciło kłaniającemu się kapelusz z ręki, on zmieszany, schylający się po kapelusz, nobliwa para pobłażliwie patrząca w ślad za rowerzystą, ta bezgraniczna cierpliwość w ich twarzach – to wszystko ładne, ładna scenka, ładni ludzie, tylko że ja oglądałam to nie po raz pierwszy (setny? tysięczny?). To, co miało być światem zewnętrznym, zdemaskowałam jako ożywioną scenografię o ograniczonej liczbie możliwości. Ograniczonej przez moją pamięć. Rozpoznawałam już tak często twarze, sytuacje, stany pogody, wydarzenia, że najwyraźniej bardzo dawno temu musiał się dla mnie świat skończyć, tak dawno, że ta w gruncie rzeczy olbrzymia ilość obrazów, które się w mojej pamięci odłożyły za życia, zdążyła mi się opatrzyć. Bo co do tego, że nie żyję, nabrałam pewności. Myślałam, że z tym wytrzymam, ale poczucie, że się nie istnieje, jednak dość skutecznie zaniża samoocenę, zwłaszcza jeśli to poczucie zaczyna się, że tak powiem, somatyzować. Pomyślałam sobie: nie wiem, co to ma być za życie pozagrobowe, ale ja się w tym nie widzę – i właśnie wtedy zaczęło się to najgorsze, już nawet nie było mojego ciała, to znaczy, albo je tylko widziałam, ale nie czułam, nie mogłam się ruszać, albo nawet tego nie było – wpadłam w histerię, spytałam go, czy mnie jeszcze widzi, jak może mnie widzieć, skoro mnie nie ma, jak może być tak naiwny i jeszcze niczego nie rozumieć, ale wystarczyło, że mnie dotknął, wystarczyło, że usłyszałam z jego ust: „Uspokój się, przecież jesteś, przecież nie mówię teraz sam do siebie", dotykał mnie wszędzie i przywracał czucie, przez jego dotyk stawałam się na powrót.

A kiedy jej się pojawiały te nawroty przykre, kiedy zaczynała się wymykać sama sobie, musiałem ją trzymać mocno, chronić musiałem, bo w tych okresach mogła się poobijać o powietrze, w tych okresach jej się ziemia usuwała spod nóg, trzeba było tulić ją, lekarstwa niepostrzeżenie w soku rozpuszczając, tulić ją, tłumacząc, że wszystko jest w porządku miłosnym dla nas raz na zawsze ustalonym, tulić ją, z ust do ust ten sok psychotropowy podstępnie przelewając, tulić ją, zapewniając, że byliśmy, jesteśmy i będziemy, że to się dzieje naprawdę, tulić ją, a potem czuć, jak w niej napięcie słabnie, jak się rozładowuje źródło histerii, jak miękknie mi w ramionach

i wierzy już bezgranicznie w moje słowa, tulić ją,
kładąc na tapczanie, tulić ją wzrokiem, oddalając
się do przedpokoju, sięgając po słuchawkę i wy-
bierając numer lekarza, tulić ją myślą, szepcząc
psychiatrze, że to znowu wróciło, opisując poda-
ną dawkę i oczekując instrukcji, tulić ją oddechem
ulgi, kiedy lekarz przypominał, że z tego się nie
można wyleczyć, ale z tym się można nauczyć żyć,
jeśli się ma opiekę, a potem otulić ją kocem i raz
jeszcze sen sprawdzić, bo jeśli ów sen syntetyczny
jej się pod powiekami miotał, zwykłem całować jej
powieki, póki drgać mi pod wargą nie przestały.

Któregoś dnia, patrząc na jego okno, gdzie
świeciła się lampka nocna, okno, za którym czekał
na mnie z całą tą swoją miłością przepastną, jaka
wystarczyłaby na legion, nie tylko na nas dwoje;
kiedy więc pewnego dnia tak zapatrzyłam się
w jego okno tuż przed wejściem do budynku,
pomyślało mi się, i tak już zostało: że to już było.
On był. Ja byłam. Zostało z nas tylko to, co pomiędzy nami. Jesteśmy dwojgiem widm na służbie
wiecznie żywego uczucia.

I przypomniałam sobie wreszcie tę wspól-
ną modlitwę sprzed lat, kiedy chcieliśmy więcej

niż przyrzec sobie i Bogu, ach, wszystkim Bogom istniejącym i urojonym, że będziemy ze sobą aż do śmierci; przypomniałam sobie, jak prosiliśmy wszelkie siły nadprzyrodzone, bluźnierczo nie zważając na to, czy one jasne, czy ciemne, czy naszą prośbę spełni Bóg, czy Szatan, och, byle się spełniła: przypomniałam sobie więc, jak nam się razem modliło, żeby ta miłość i naszą śmierć przetrwała, żeby żyła, kiedy nas już nie będzie, co tam aż do śmierci, co tam za życia, jak kochać, to na zawsze, więc i w zaświatach, więc po wieki. No i wymodliło się.

Nigdy nie ośmieliłbym się powiedzieć jej prosto w oczy, że jest chora.

Zostawiłem to przypadkowi: wypis ze szpitala, diagnoza i lekarstwa były na wierzchu szuflady; w każdej chwili mogła się na nie natknąć.

Nigdy nie znalazłam w sobie dość odwagi, żeby mu dowieść, że oboje nie żyjemy. Wiedziałam, gdzie są fotografie z naszych pogrzebów; wystarczyło, żeby poszperał trochę w szufladach.

interludium
(F. Ch. op. 28 nr 4)

Synku!

Tęsknie za Tobą bardzo codziennie wypatruje czy listonosz nie idzie bo może posłałeś do mnie aby kartke ja wiem że tam sprawy masz ważne do matki nie masz czasu napisać, ale pamiętaj że ja tu myśle i modle sie za Ciebie dzień w dzień mam ten obrazek Najświętszej tu został ten Twój jeszcze z bierzmowania pamiętasz Ci go zawsze wkładałam do kurtki a Ty nie wiedziałeś, gdybyś wiedział tobyś zły był na mnie, ale ona Cię chroniła ja w to wierze, a teraz nie zabrałeś to sie modle żeby Ci co złego tam gdzieś nie stało sie. Matka Ci dobrze życzy bo Cie kocha i tęskni i wspomnij o mnie jak tam będziesz miał chwile czasu a jak już będziesz wracał napisz nam koniecznie kiedy wrócisz, my tu na Ciebie czekamy wyjedziemy na dworzec Cie przywieźć a ja będę miała w ręku dla Ciebie świeży pomarańcz jak wtedy co wracałeś z koloni pamiętasz?

Pa, Mama

Jadwiga kończy pisać kartkę i woła pierworod-
nego, żeby jak co dzień nakleił znaczek i poszedł
na róg do skrzynki list wrzucić; Jadwiga codziennie
wysyła kartkę, i choć wie, że znaczki na zagranicę są
drogie, od trzech miesięcy, od wyjazdu syna każe sobie
z comiesięcznej emerytury, którą oddaje dzieciom,
kupować trzydzieści znaczków, żeby wystarczyło na
wszystkie kartki. Dla młodszego syna. Który nie
odpisuje.

„Bo go nie stać, tak to już jest, studenci biedni,
w Szwecji wszystko takie drogie, jak już zbierze te
truskawki i wróci, to zasiądziemy wszyscy przy stole
i będziemy gwarzyć, mama się wtedy nasłucha, ho
ho..." – *tłumaczy jej pierworodny za każdym razem,*
kiedy bierze kartkę od matki i wynosi przed dom,
targając na strzępki i wyrzucając do kubła. Matka
nie rusza się z łóżka od czasu wylewu, na wózek sama
też nie jest w stanie wsiąść, nie ma więc obaw, że mog-
łaby podejrzeć przez okno, gdzie lądują jej listy do
młodszego syna. Który nie odpisuje.

odziennie wy-
bo może posła-
ı że tam sprawy
czasu napisać
ıodle sie za Cie-
razek Najświęt-
e z bierzmowa-
ıałam do kurtki
edział tobyś zły
ıiła ja w to wie-
ɘ modle żeby Ci
ı. Matka Ci dob-
spomnij o mnie
ısu a jak już bę-
znie kiedy wró-
wyjedziemy na
ıiała w ręku dla
ɘdy co wracałeś
ama

„Bo dzwonił, tylko mamy budzić nie chcieliśmy, powiedział, że udało mu się załatwić przedłuże-
nie pobytu, że truskawki idą świetnie, szkoda przed
końcem sezonu wracać, tak mu się dobrze zarabia,
u nas musiałby rok w fabryce spędzić, żeby tyle nazbie-
rać" — tłumaczy córka, ścierając grafitowe wężyki

z blatu stołu; matka pisze swoje listy ołówkiem, po wylewie sprzed trzech miesięcy przestała zauważać, gdzie kończy się papier, końcówki zdań zostają na stole, ołówek łatwo zetrzeć, córka ściera więc pokornie, lekarz powiedział, że po takim udarze to i tak cud, że mama jeszcze zachowała świadomość, że nie muszą jej przewijać, że mogą z nią rozmawiać, że ich poznaje; lekarz nawet zażartował, że matka stanowi zdumiewający przypadek skutków udaru mózgu à rebours, zamiast ograniczeń w rozpoznaniu, cierpi na patologiczny nadmiar.

Trzy miesiące temu Jadwidze zakręciło się w głowie, upadając na podłogę, poczuła lodowate ostrze w skroniach, poczuła, że pęka jej pamięć, wyobraźnia, samopoczucie, światopogląd, że pęka jej każda myśl z osobna, w jej umyśle powstała szczelina, przez którą Jadwiga wydała na świat dwudziestoletniego syna, zbierającego truskawki w Szwecji, syna, który powinien był się urodzić dwadzieścia lat temu, gdyby Jadwiga za namową męża ginekologa nie poprzestała dozgonnie na dwójce dzieci, dziś już prawie dorosłych, opłacających studia z alimentów ojca i z renty matki, która trzy miesiące temu, kiedy krew zalewała jej mózg, urodziła z dwudziestoletnim opóźnieniem syna. Który nie odpisze.

Królowa żalu

Regina się budzi. Wcześnie, jeszcze przed świtem, choć latarnie na ulicy już pogasły. Zwykle nie budzi się przed zgaśnięciem latarń, chyba że cierpi na bezsenność, nie śpi całą noc, tętno wali jej w skroniach, ciśnienie jest stanowczo zbyt wysokie; wtedy zażywa silniejszą niż zazwyczaj dawkę raupasilu, ale nie przestaje się denerwować, zażywa więc medazepam na uspokojenie, ale nie przestaje się bać ciśnienia zbyt wysokiego, bać się, że tej właśnie nocy umrze. Regina boi się śmierci; nie może zasnąć, bo się boi, że umrze we śnie i przegapi ten moment, jedyną atrakcję, jaka jej w życiu jeszcze została. Tak mawia córce przez telefon, „Córuś, mnie już nic ciekawego się w życiu nie przydarzy oprócz śmierci", wtedy córka zniechęcona zwykle kończy rozmowę, „Oj mama znowu tylko stęka, znowu tylko o sobie, już z mamą o niczym pogadać nie można"; nieprzyjemnie się kończą te rozmowy. Córka mieszka daleko daleko, z mężem jej się nie wiedzie, ale

95

jest samodzielna, pieniędzy jej nie brakuje, pracuje w firmie, tylko wieczorami nie ma się do kogo odezwać. „Bo ten gbur to w ogóle lepiej żeby się wyprowadził, i tak bym nie zauważyła, już nawet dzień dobry nie mówimy sobie", mawia córka o mężu do Reginy, ale rozmowy zwykle kończą się nieprzyjemnie, bo ciśnienie, bo skargi.

Regina budzi się wcześnie, jeszcze przed świtem, ale nie wstaje z łóżka jak zwykle. Zwykle wstaje od razu, choć ostrożnie, żeby zbyt gwałtownym ruchem nie spowodować zawrotu głowy. Musi uważać, bo gdyby, nie daj Boże, zawrót głowy i wylew, albo zwykły upadek, uderzenie w głowę i nieprzytomność, cokolwiek takiego, nikt jej nie pomoże; Regina ma siedemdziesiąt osiem lat i mieszka sama, sąsiadka też stara i nawet już nie wychodzi, w razie czego nikt jej nie pomoże. Dlatego należy podnosić się z łóżka powoli, najpierw do pozycji siedzącej, odczekać chwilę, aż krew się przyzwyczai, potem sięgnąć po włącznik i zapalić lampkę, odczekać, aż się przyzwyczai wzrok, dopiero wtedy nogi powoli zdjąć z łóżka prosto w pantofle, sprawdzić, czy wchodzą bez problemu, bo jeśli są problemy, żeby zmieścić stopę w kapciu, jeśli jest wrażenie ciasnoty, to źle, to znaczy, że od rana ciśnienie za wysokie, że stopy spuchły, że trzeba bezzwłocznie zacząć dzień od raupasilu; jednak zwykle rozpoczyna ostrożne wstawanie tuż po przebudzeniu, nie tak jak dzisiaj.

Dzisiaj Regina leży dalej, nie myśli na razie o wstawaniu, myśli o śnie, który dopiero co się skończył i jeszcze go pamięta. Prawie nigdy nie zapamiętuje snów, chyba że śni jej się matka. „Matka zawsze mi się śni na Złe", mawia Regina przez telefon swojej córce, „zawsze się coś musi stać złego, jak mi się śni mama", mawia, „Albo jak mnie lewe oko swędzi, to jest na płacz, a już najgorzej, kiedy mi się przyśni mama, a zaraz potem, po przebudzeniu, swędzi mnie oko, wtedy aż strach wstawać z łóżka, bo jest pewność Złego". Córka zwykle wtedy się niecierpliwi, gani ją za przesądy i egoizm, narzeka i kończy rozmowę. Dzisiaj Regina leży w łóżku po przebudzeniu i nie potrafi z siebie zrzucić snu o matce. Matka zawsze śni jej się młoda i ładna, taka jaka była w czasach dzieciństwa Reginy, nie stara i chora, jak przez większość życia, ale młodziutka, drobniutka, dziewczyneczka prawie. Jak wtedy, kiedy pozowała do portretu temu dziwakowi; Regina pamięta ten dzień, pamięta, jak ojciec w prezencie urodzinowym opłacił matce portret u tego dziwaka; siedziała wtedy i nudziła się, a mama musiała w bezruchu wytrzymać na krześle bite dwie godziny. Kiedy tylko pytała, czy chwilę może się przejść po pracowni dla rozprostowania kości, czy może popatrzeć, jak mu idzie, on się wściekał; mama była taka drobniutka, a na tym jego obrazie wyszła jakaś wydłużona, śliczna, ale taka jakby za długa, oj, po wojnie się okazało, że to takie cenne, bo ten dziwak się zabił i stał się modny, zawsze artyści stają się sławni po śmierci, chyba dlatego, żeby nic na tych obrazach nie mogli zarobić, tak to sobie wymyślają ci oszuści od aukcji, no, w każdym razie mama taka biedna, schorowana, gdyby wiedziała, gdyby obraz sprzedać mogła, ale gdzieś się zgubił podczas wojennych przeprowadzek, ucieczek, co tam obraz, kto by z obrazem się tułał, no i chorowała ta mama pół życia, a leki drogie i życie drogie, i zdrowie drogie, wszystko takie drogie, nawet śmierć droga, bo pogrzeb bo trumna ksiądz nagrobek, zawsze jakieś kłopoty; Regina pamięta straszną rzecz, jaką powiedziała jej matka przed śmiercią, „Córeczko, ja tylko dlatego tak długo żyłam, żeby was nie kłopotać, bo tyle te pogrzeby kosztują, teraz, jak trochę stanęliście na nogi, to się cieszę, spokojna już jestem", pamięta, że kiedy tylko trochę stanęli na nogi z mężem, mama umarła. Od tej pory śniła tylko o matce; kiedyś tam jej się może co innego śniło za młodu, za męża może się śnił mąż, jak córka mieszkała z nimi, to może się śniła córka, ale dziś już Regina nie pamięta żadnego ze swoich snów, jedyne, co się jej zapamiętuje, to matka, młoda, drobniutka, pozująca do portretu; ale to zawsze jest zła wróżba. Dobrze pamięta, że przed zamachem na papieża też jej się śniła matka i przed katastrofą w Kabatach, i przed zawałem męża, i kiedy już wyglądał lepiej, kiedy już się wydawało, że lada dzień go wypiszą, przyśniła jej się matka i wtedy Regina nawet już nie wzięła jabłek i kompotu, i koszuli nowej, przygotowanej dla niego na wyjście, tylko się ubrała na czarno i poszła, a w szpitalu pytali „skąd pani wie, przecież jeszcze nie dzwoniliśmy". „Bo mama mi się śniła", odpowiedziała.

Regina dziś leży na wznak po przebudzeniu, w półmroku, przed świtem, i myśli o matce, która jej się dzisiaj śniła taka drobniutka, ale wydłużona, jak na obrazie dziwaka; myśli, co też złego może się stać dzisiaj i czy aby nie zaswędzi jej oko, bo coś jakby właśnie tam w lewym jak gdyby coś tam się wierciło coś tak, no tak, najwyraźniej już ją swędzi, na płacz, nawet samo łzawi, a więc dzisiaj stanie się coś bardzo, bardzo złego, matka i oko to wyjątkowo niedobra wróżba, kiedy się dzień zaczyna matką i okiem, Regina boi się wstać z łóżka, boi się jasności, która zza okna się wdziera. Regina leży na wznak i zastanawia się, co też złego dzisiaj się wydarzy, koniecznie musi ostrzec córkę, na razie jest jeszcze za wcześnie, na razie córka na pewno jeszcze śpi, ale kiedy tylko zrobi się przyzwoita pora, będzie musiała zatelefonować do córki, która mieszka daleko daleko, żeby na siebie uważała. Regina słyszy za oknem silnik samochodu i dziwi się, kto też o tej porze może jeździć po ulicy, to się nie zdarza, dziwi się niewymownie, bo to nie jest pojedynczy dźwięk silnika, wsłuchuje się w odgłosy miasta i zauważa niecodzienny szum silników w tle, zwykle o tej porze słyszy z oddali pojedyncze stuki wagonów, szósta dwadzieścia przejeżdża poznański ekspres, zawsze o tej porze z planowym opóźnieniem; słyszy zawodzenia wczesnych tramwajów, ale do tego wszystkiego nadzwyczaj dużo nadzwyczaj wczesnych odgłosów samochodów, Regina zaczyna więc przypominać sobie, jaki to dzisiaj dzień. Zwykle pamięta zaraz po przebudzeniu, jaki to dzień tygodnia, znacznie później, już w kuchni, kiedy zerwie kartkę z kalendarza, przypomina sobie, który to dzień miesiąca, chyba że budzi się szczególnie podniecona; kiedy budzi się z silnym przeczuciem przyjemności, nie musi czekać, aż dojdzie do kuchni, wtedy wie już w łóżku, że właśnie jest pierwszy dzień miesiąca, pierwszego dnia miesiąca przychodzi listonosz z pieniędzmi i to się czuje nawet śpiąc, a potem po domu się chodzi tak niecierpliwie jak w dzieciństwie, kiedy się czekało na Mikołaja albo na gości urodzinowych, albo na matkę wracającą z zakupów, potem się podchodzi do okna, wypatruje coraz częściej, do drzwi na korytarz się podchodzi, nasłuchuje raz po raz, czy aby nie szczeka już ratler sąsiadki, ratler sąsiadki zawsze szczeka na obcych, a nikt obcy poza listonoszem na to piętro się nie zapuszcza, listonosz od dawna jest na tym piętrze jedynym gościem, dlatego pierwszego dnia każdego miesiąca Regina chodzi po mieszkaniu ubrana ładniej niż zwykle, i wypachniona, i podmalowana, nie żeby jej na czymś tam zależało, „w moim

wieku to zalecać się można już tylko do śmierci",
mawia Regina, „gdyby już przyszła i zobaczyła,
że tak ładnie wyglądam, jakby jeszcze mi się
chciało hasać, to może daruje życie, przynajmniej
na trochę", mawia; listonosz jest jedynym obcym,
który staje w jej drzwiach, raz w miesiącu, dlatego
koniecznie trzeba go zachęcić, żeby wszedł choć
na herbatkę, a jeśli się krzywi, jeśli mu się spieszy,
koniecznie trzeba go skusić koniaczkiem, listonosz nigdy nie odmawia koniaczku; Regina zawsze trzyma odrobinę alkoholu na wszelki wypadek, kiedy więc listonosz już przekroczy próg
i wejdzie na koniaczek, nie należy go prosić
o zdjęcie butów, tylko zachęcić, wepchnąć lekko,
wciągnąć do pokoju, żeby usiadł, żeby torbę odło-
żył, rozluźnił się. „Gość w dom, Bóg w dom", mawia Regina, dolewając koniaczku, słuchając opowieści listonosza o sanatorium żony, o wagarach
dzieci. „Pan to nie wie nawet, jak tu się od razu
cieplej robi i jaśniej w tej mojej norze, kiedy pan
przychodzi", mówi Regina, przeliczając banknoty
i podpisując odbiór emerytury. Do pierwszego
dnia miesiąca przyjemnie jest się budzić, ale dzisiaj Regina czuje inny rodzaj podniecenia tuż po
przebudzeniu, mimo iż jest pierwszy, tak, już wie,

skąd silniki, już wie, co ma dzisiaj do zrobienia, już wie. To jest dzień Wszystkich Świętych, ludzie się zjeżdżają, zawsze się zjeżdżali właśnie w tym dniu, to było zawsze święto samochodowe, zakorkowane, Regina zawsze się zastanawiała, skąd ludzie biorą pieniądze na te wszystkie auta. Mąż, kiedy jeszcze żył, twierdził, że tego dnia nawet ci, którzy nigdzie nie muszą wyjeżdżać, wystawiają swoje auta na ulicę, z garażu na ulicę, tylko po to, żeby pokazać, że i oni jeżdżą, głupota ludzka nie zna granic, mawiał często mąż, to było jego ulubione porzekadło; mąż nigdy nie kupił samochodu, nawet wtedy, kiedy wreszcie stanęli na nogi, wolał kupić rower, przekonywał, że „teraz takie czasy, że byle swołocz może jeździć autem, bo ją stać, kiedyś to był rarytas, przywilej elit, wtedy to miało sens, ale teraz? Na rowerze będę jeździł, żeby się od swołoczy różnić. Właśnie tak". Regina już wie, że dzisiaj musi jechać na grób męża, jak co roku od piętnastu lat, zawsze sama, bo córka mieszka daleko daleko, grób męża też jest daleko, ale nie w tę stronę, zbyt daleko, by jeździć częściej niż na Wszystkich Świętych, Regina mawia córce przez telefon „w moim wieku to wszędzie jest daleko, każde wyjście do sklepu to już jest wyprawa, a co dopiero jazda pociągiem, tak tak, córuś, starość polega na tym, że się ma wszędzie daleko, za daleko...", ale córka nie lubi słuchać użalań, „niech się mama wreszcie przestanie użalać", mówi i denerwuje się, sama by się chciała poużalać, skoro międzymiastowa na Reginy koszt leci, ona to rozumie, jest przecież matką, matki zawsze muszą umieć słuchać.

Nasłuchuje silników i przypomina sobie, że kupiła wczoraj takie specjalne znicze, takie nowe, drogie jak wszystko teraz, ale mężowi nie będzie żałować, one się tak mogą palić ponad tydzień, takie niegasnące wymyślili, nawet w deszczu się palą, posykują na każdą kroplę, ale płoną. Regina myśli tylko, czy nie skradną z nagrobka, wróci do domu i nie będzie mogła sprawdzać codziennie, pewnie skradną, teraz wszystko kradną, takie czasy, może i dobrze, że mąż nie dożył, dla niego na pewno dobrze, ale jej trudno, bardzo trudno i samotnie, do trudności łatwiej się przyzwyczaić niż do osamotnienia. Nigdy nie przypuszczała, że tak jej będzie trudno do samotności przywyknąć, przecież to naturalne, stare kobiety prędzej czy później zostają same, była na to przygotowana, ale nijak przywyknąć nie potrafi, każdy dzień dławi, przygniata, jakby była w więzieniu, jakby siedziała w celi; to osamotnienie, a nie samotność, samotność jest wyborem, a osamotnienie wyrokiem, na mocy tego wyroku nie ma się do kogo odezwać, tylko do córki czasem przez telefon, a to raczej do słuchania niż mówienia. Dlatego Regina tak lubi chodzić do lekarza, często, częściej, niż potrzeba, nie żeby się przesadnie martwiła o zdrowie, co to to nie, po prostu lubi mówić do kogoś, a lekarz ma taki zawód, że musi słuchać, i ksiądz także. Dlatego Regina prawie tak samo jak do lekarza lubi chodzić do spowiedzi, co prawda tam nie może sobie ot tak mówić o byle czym, tam musi wyznawać grzechy, ale przecież jest słuchana, i to uważnie, w skupieniu, słuchana i oceniana; nie bardzo ma się z czego spowiadać księdzu, więc wymyśla sobie grzechy, byle tylko mówić jak najdłużej, wymyśla sobie grzechy, które mogłaby popełnić, gdyby miała okazję, i spowiada się z nich, to nie jest kłamstwo, przecież nie jest niewinna, na pewno nie wyspowiadała się w porę ze wszystkich grzechów popełnionych w młodości, teraz co prawda nie pamięta ich dokładnie, ale wymyśla takie, które z całą pewnością musiała za młodu popełnić. Ksiądz często dość jest zgorszony tymi wyznaniami, Regina za każdym razem stara się trafić na innego, żeby im się nie znudziło, tych księży teraz cała grupa w parafii, tacy niektórzy młodzi, zwłaszcza ci młodzi patrzą na nią z niesmakiem, zawsze wymierzają surową pokutę, jakby te same grzechy były cięższe dla starców niż dla młodych, młodzi księża prawdopodobnie nigdy w życiu nie mieli okazji popełnić grzechów, z których spowiada im się Regina w wieku siedemdziesięciu ośmiu lat, z półwiecznym spóźnieniem, ale przecież lepiej późno niż wcale.

Regina powoli wstaje, myśląc o mężu, do którego dzisiaj pojedzie ze zniczami, przypomina sobie, jak ją uwiódł. Zawsze łatwiej przypomina sobie to, co było na początku, w młodości, przed ślubem albo tuż po. Im później, tym mniej przypomnień, bo też i działo się mniej, zawsze na początku jest więcej do zapamiętania, miłość wyostrza pamięć, a od przyzwyczajenia pamięci ubywa. Regina wspomina więc męża, wkładając kapcie (wchodzą, raupasil niepotrzebny), przypomina sobie, że nie różnił się na pozór niczym od innych chłopaków, młody był i taki niecierpliwy, oni wszyscy byli wtedy bardzo niecierpliwi, żyli z nożem na gardle i każdą okazję chcieli wykorzystać, żeby tylko się nażyć, Regina na wielu musiała się obrazić, drzwi zamykać, bo oni zakochiwali się jak dzieci, każdy obiecywał małżeństwo, jak tylko wojna się skończy, jak tylko pogonią, kogo trzeba, każdy a conto tego małżeństwa chciał pobrać zaliczkę, Regina była silna i urodziwa, niejeden spać nie mógł od samego widoku jej łydek, takie były zdrowe, takie jędrne. Nie chciała chłopcom sprawiać przykrości, każdy do niej przychodził jakby po błogosławieństwo, jakby po namaszczenie ostatnie, bo przecież ginęli jak muchy, dawała im, ile mogła, a oni się zakochiwali i ginęli, jeden po drugim, na pewno się ze wszystkich nie zdążyła wyspowiadać, dlatego teraz grzechów wystarczy na wielu księży. Regina, przechodząc w kapciach do łazienki, przypomina sobie, że mąż się pozornie niczym nie różnił, tylko że nie ginął, no i nazywał ją królową, ciągle nazywał ją królową, a nawet wytłumaczył, że to właśnie znaczy jej imię; i tak się stało, że nie on się zakochał, ona pierwsza, i nocami nie sypiała, kiedy mieli akcję, czekała, cierpiała, to wszystko pamięta jak dziś, to wszystko wspomina, wyjmując szczękę ze szklanki i wkładając do ust. Będzie dzisiaj musiała na siebie uważać, myśli, że też akurat matka się musiała przyśnić w wigilię Wszystkich Świętych, myśli, pocierając lewe oko, matka, którą dzisiaj też odwiedzi, bo mąż Reginy leży na miejscu swojej teściowej, zmarł prawie dokładnie w dwadzieścia lat po niej, już i tak mieli likwidować, trzeba było przedłużyć, zapłacić, a tu zmarł, no więc teraz leży tam zamiast niej; matka miała mocne kości, Regina pamięta, jak grabarze rozkopywali grób, jeszcze się zachowały piszczele. Regina dzisiaj jedzie do męża, ale i do matki, z myślą o mężu i o matce, która nie omieszkała się przypomnieć, to musi coś oznaczać, Regina jest przestraszona, gotując jajka, zastanawia się, co też złego i komu przydarzy się dzisiaj, skoro matka osobiście się przypomniała, sprawdza na zegarze, która godzina, czy można już zadzwonić do córki, żeby przestrzec.

Regina płacze. Siedzi na dworcu kolejowym w poczekalni, na ławce; jest tłoczno, ale dla niej zawsze się znajduje miejsce. Nie pamięta zbyt dobrze czasów, w których jej nie ustępowano miejsca; pamięta za to, kiedy po raz pierwszy ktoś jej ustąpił, to było bardzo nieprzyjemne, udała, że nie słyszy, że to nie do niej, odwróciła się, ale taka siksa się uparła, chyba wzięła Reginę za niedosłyszącą, bo złapała ją za ramię i znowu „proszę, niech pani sobie usiądzie!", prosto do ucha, głośno, tak że zaraz wszyscy patrzyli, każdy chciwym pytającym wzrokiem patrzył to na Reginę, to na puste miejsce, z wyrzutem, że niby dlaczego blokuje, przecież każdy sobie chce usiąść, no i wysiadła wtedy na najbliższym przystanku, ze wstydu wysiadła, choć nie przejechała nawet połowy drogi, i przysiadła na ławce na przystanku, i rozpłakała się, zupełnie jak teraz. Teraz Regina płacze, mnąc nerwowo w dłoniach uchwyty torebki, płacze bezgłośnie, choć w gwarze dworcowym, wśród tłoku, komunikatów, hałasów, i tak by nikt nie usłyszał; wciąga łzy, które jej do nosa napływają, te, które nie zdołały się w oku zmieścić, już się nie boi, że jej się tusz rozmaże, lekko podmalowała oczy, w końcu to święto, ale wszystko, co było do rozmazania, już wytarła tam na cmentarzu, kiedy zaczęła płakać, kiedy mimo tłoku, mimo setek rodzin wydeptujących każdą ścieżynkę między nagrobkami, przysiadła na cmentarnej ławce i rozpłakała się, i popłynęły łzy z tuszem, i jeden z drugim zatrzymał się, zapytał, czy nie trzeba pomóc, a ona tylko, nosem pociągając, kręciła głową. Siedziała na ławeczce z torebką pełną zniczy i płakała, zupełnie jak teraz, tylko że teraz już tuszu nie ma, wszystko wytarła w chusteczki jeszcze tam na cmentarzu, teraz jest ten sam żal, ten sam płacz bezgłośny, ale już nie widać z daleka, bo jej łzy są przezroczyste, nie odbijają światła. Regina pamięta, że mąż nigdy nie pozwalał jej płakać, kiedy tylko zauważył, że łzy jej cieką, natychmiast brał się do rozśmieszania, jak tylko nagadał jej takich rzeczy, że wyłamywała palce i zaczynała szlochać w kącie kuchni, słyszał to z najdalszego zakątka mieszkania i natychmiast przybiegał rozśmieszać, to była jego skrucha, nigdy nie przepraszał wprost, tylko od razu całował po rękach, po policzkach. Kiedy go odpychała, kiedy to nie wystarczało, zaczynał ten swój niedźwiedzi taniec, wiedział, że to jest niezawodna metoda na rozśmieszenie Reginy, brał się pod boki i zaczynał tańczyć, podśpiewując jak wiejski głupek, i ten pokraczny krok, zawsze ten sam, zawsze tak samo niezawodnie ją rozśmieszał, dalej płakała, tylko ze śmiechu; kiedy była dzieckiem, też tak łatwo przechodziła od płaczu do śmiechu, tak jej już zostało, mąż podskakiwał z niedźwiedzią gracją przed Reginą i w ten sposób ją dobruchał, w ten sposób powstrzymywał jej przezroczyste łzy; mawiał: „Królowa przestała płakać, moja królowa, Królowa Niebios już nie płacze, *Re-gi-na ce-e-li*", zaczynał śpiewać na litanijną nutę i dobruchał ją tym ostatecznie, zanosiła się od śmiechu, widząc, jak mąż udaje księdza, a potem sama udawała, że się żacha na takie bluźnierstwa, mówiła mu, że pójdzie za to do piekła, że nie wolno z Matki Boskiej się naigrawać, ale już była udobruchana, już nie płakała. Nie tak jak teraz, kiedy dzieciaki gonią się wokół ławki, nie reagując na utyskiwania matki, kiedy jakiś narkoman na giętkich nogach walczy o przytomność, kiedy dworcowa wskazówka z trzaskiem przeskakuje na pół do ósmej, kiedy Reginie zostały dwa kwadranse do powrotnego pociągu; teraz wciąż płacze.

Regina już wie, skąd swędzące oko i sen o matce. Kiedy się znalazła przy cmentarnej bramie, jeszcze nie wiedziała, ale pomyślała sobie: niech to jej się stanie nieszczęście, skoro już musi, bo wywróżone. Kiedy sprawdzała chryzantemy u kupczyków, wszystkie takie brzydkie, przemarznięte, tracące płatki od najlżejszych drgnień, pomyślała, że i z niej już została sama łodyga, wystarczy złamać i wrzucić do kosza, pomyślała sobie, że jest już gotowa na najgorsze nieszczęście, niech więc to jej się stanie, co ma się stać, broń Boże córce, córka ma jeszcze życie przed sobą, byle tylko pozbyła się tego męża. Regina nie doczekała się wnuków i już chyba nie doczeka, ale tym bardziej córka powinna tego gamonia przepędzić, nie mają dzieci, które by mogły cierpieć, więc niech się rozwiodą, po co się trują tyle lat, po co spędzają życie obok siebie, skoro się nienawidzą, Regina powiedziałaby córce, co myśli o jej mężu, ale córka zawsze przerywa i mówi „oj, bo mama wie, ile by mnie kosztował rozwód? Bo mama wie, jak by mi to popsuło opinię w firmie? My tam uchodzimy za wzorowe małżeństwo...". Regina powiedziałaby córce, że taki ślub cywilny to przed Bogiem nieważny, tego małżeństwa przed Bogiem nigdy nie było, to i rozwodu nie będzie, gdyby córka nie przerywała „teraz, kiedy dwa razy więcej od niego zarabiam, mam się rozwieść? Żeby na mnie wisiał? Bo mama wie, że on nie pójdzie na ugodę? Bo mama wie, że ja bym mu jeszcze musiała płacić? Mama jeszcze wielu rzeczy nie wie, i takie to z mamą gadanie przez ten telefon". Regina, mijając stragany, wchodząc w ruchliwy tłum cmentarny, pomyślała, aż się wstydząc przed sobą tej myśli: dobrze, że nie ma wnuków, bo teraz by się zamartwiała o nie, po złej wróżbie, dobrze, że ich nie ma, bo umierałaby z tęsknoty, całymi dniami oglądałaby fotografie, czekała na telefon albo czekała na godzinę, w której już wypadałoby zadzwonić, nie za często, bo córka mogłaby się zniecierpliwić. Regina pomyślała, wchodząc na cmentarz, że już się bardziej nie można zestarzeć niż wtedy, kiedy się poczuje, że jest się zbyt starą na wnuki; pomyślała – na dzieci można być zbyt starą, przychodzi wiek, kiedy już rodzić niebezpiecznie, jej córka jest już w tym wieku, dlatego w jej życiu nigdy nie było prawdziwego szczęścia, myśli Regina, jej córka nigdy nie zaznała macierzyństwa, dlatego tak często wpada w depresję, mimo kariery, mimo pozycji, mimo tego, że tylu ludzi od niej zależy. Córka Reginy często, coraz częściej czuje, że jest bezużyteczna, choć miała nadzieję, że będąc użyteczną i spełnioną na co dzień, odwróci uwagę od bezużyteczności tej części duszy, która kobiecie służy do noszenia życia, tej części duszy, która chce się dzielić, chce oddzielić od siebie cząstkę i wydać ją na zewnątrz, córka Reginy pomnaża majątek firmy, tym samym pomnażając swoje zarobki, ale nigdy nie zdecydowała się pomnożyć życia, tę najprostszą rzecz zaniedbała, przez lata tłumacząc matce „ja się żadnej presji poddawać nie będę, dziecko mogę sobie zafundować, kiedy już życia użyję, mama jest taka staroświecka, jakby mama nie wiedziała, że do dziecka trzeba dojrzeć". Ale kiedy córka Reginy już dojrzała do macierzyństwa, kiedy po raz pierwszy poczuła, że ma w sobie zbyt dużo miejsca na jedno życie, że chciałaby je pomnożyć, wtedy już dawno brzydziła się męża, wtedy już dawno ze sobą nie sypiali, nie mówiąc o kochaniu, a córka Reginy postanowiła, że dziecko urodzi tylko człowiekowi, którego będzie kochać, choćby przez chwilę, choćby jeden wieczór. I gotowa była już takiego człowieka znaleźć, gdyby nie męska intuicja obrzydłego męża, już dawno obrzydłego, ale przecież kiedyś kochanego; córka Reginy kiedyś swojego męża kochała właśnie za jego intuicję, za to, że zawsze wiedział wcześniej o jej wszystkich uczuciach, umiał je nazwać już wtedy, kiedy ona je ledwie przeczuwała – i z tej swojej intuicji skorzystał, kiedy córka Reginy postanowiła zajść w ciążę z innym, i ostrzegł, i uświadomił, ten obrzydliwy mąż, kierując się swoją ohydną intuicją, zawczasu zasięgnął porady prawnej; kiedy ona ledwie przeczuwała, że chce urodzić dziecko, on już rozmawiał z prawnikiem i tego wieczoru użył rzeczowych, prawnych argumentów, by ją przekonać, że taki obrót rzeczy złamie jej karierę, a tym samym jej życie, przekonał ją, że zbyt przywykła do komfortu, by stać się samotną matką. Tym samym przekonał córkę Reginy i do tego, że jest dla niej najobrzydliwszym z ludzi, przekonał, że ona go nienawidzi tak mocno, jak mogłaby kochać swoje nienarodzone i niepoczęte dziecko. Teraz córka Reginy jest już na dzieci zbyt stara, ale Regina, przedzierając się cmentarną aleją przez ludzką rzekę, uświadomiła sobie, że starość nie jest ostatnim etapem życia przed śmiercią, starość też ma swój koniec, oddziela ją od śmierci poczekalnia, w tej poczekalni człowiek jest już za stary na to, żeby mieć wnuki, w tej poczekalni człowiek wie, że na pociechę z wnuków nie miałby już sił, mógłby się ich obecnością tylko zamartwić na śmierć, lżej więc jest martwić się ich nieistnieniem. Regina pojęła, że takie myśli może mieć człowiek już tylko u progu śmierci, już starszy od własnej starości, już do niej tęskniący jak do lat młodych, jak do dzieciństwa, już wiedzący, że i starość była jednym z etapów życia, które minęło.

Regina słyszy zapowiedź pociągu i próbuje przestać płakać, przypomina sobie, jak w ludzkiej gęstwie z trudem zorientowała się, do której części cmentarza dotarła; usiłując między ciżbą wypatrzyć właściwy rejon, a potem właściwą alejkę, a potem tę orientacyjną brzózkę i odliczyć stosowną liczbę nagrobków, by dotrzeć do grobu męża, pomyślała, że ludzie potrącają ją częściej niż zwykle, jakby jej wcale już nie zauważali – i nagle zrozumiała, że wszystko się zgadza, skoro jest w poczekalni, nie należy już ani do świata żywych, ani do świata zmarłych, Regina pomyślała, że jej obecność na cmentarzu jest nie na miejscu, bo na to, by stawać wśród żywych nad grobami, była już zbyt martwa, na to, by tak obnosić się ze swoim życiem nad grobową deską, była już zbyt nieżywa, pomyślała, że może to jest jedyna taka okazja, by być doskonale niewidzialną – tłum cmentarny jej nie zauważa, ale i ten tłum podziemny jest wobec niej obojętny. Przestraszyła się, że w takim razie jej zmarli nie zauważą jej obecności, mąż i matka będą się martwić, że nie przyszła w odwiedziny, bo nie żywa, ale i nie umarła jeszcze, mogła dla nich być niewidzialna i niewyczuwalna, przestraszyła się i przyspieszyła kroku, spoglądając w twarze mijających ją ludzi, szukając w tych twarzach potwierdzenia własnej widzialności, choćby przelotnego spotkania czyjegoś wzroku, ale bez skutku, nikt na nią nie patrzył. Gdyby choć cmentarz był bliżej domu, na pewno wielu ludzi rozpoznawałoby ją, witało ukłonem albo może zwykłym dotknięciem ronda kapelusza, tak jak to robił jej mąż, kiedy spacerowali po mieście, kiedy mijali znajomych, on to umiał robić tak elegancko, jego dotyk kapelusza zawierał w sobie całą mowę powitalną, ten jeden szlachetny ruch dłoni wystarczał za wymianę życzliwości, za rozmowę o zdrowiu i polityce. Mąż Reginy z czasem uznał, że „w pewnym wieku nie warto w ogóle wdawać się w rozmowy z przypadkowo napotkanymi rówieśnikami", uznał, że „każda taka przypadkowa rozmowa natychmiast staje się wyliczaniem chorób i obgadywaniem lekarzy", uznał, że „jak się nie ma zdrowia, to i gadać nie ma o czym, a jak się zdrowie ma, to się o nim gadać nie chce", i od tej pory unikał przypadkowych rozmów, zastępował je subtelnym i wymownym

ruchem ręki dotykającej kapelusza, ruchem, z którego Regina była dumna, była dumna i szczęśliwa,
że ten przystojny pan idzie z nią pod rękę, że ten
elegancki mężczyzna to jej miłość, wierność i ucz-
ciwość i że nie opuści jej aż do śmierci. Dziś, po-
suwając się w głąb nekropolii, Regina bez skutku
oczekiwała na powitanie, nikt jej w tym mieście
nie znał, nikt nie mógł dziś rozwiać jej wątpliwości niezaczepiony, a ona nie miała śmiałości zatrzymać kogoś z tej płynącej w dwie strony rzeki,
zatrzymać i zapytać „przepraszam, ja tu jeszcze
jestem, prawda?", nie miała śmiałości ani odwagi,
bo przecież mogła nie otrzymać odpowiedzi, co
byłoby równoznaczne z odpowiedzią odmowną.
Dopiero później, już po wszystkim, kiedy rozpłakała się i przysiadła na ławeczce, dopiero kiedy jeden z drugim zatrzymał się i spytał, czy nie trzeba
pomóc, dopiero wtedy Regina mogła nabrać pewności, że nawet jeśli jej już prawie nie ma, jej żal
jest wystarczająco silny, by przebić się do świata
żywych i zwrócić uwagę, nawet jeśli już jest martwa, jej żal żyje za dwoje.

Kiedy przedłużyło się wypatrywanie brzózki, kiedy tylko pojawiło się pierwsze ziarnko niepewności, już w niej wszystko w środku zamarło,

już serce wstrzymało pracę, krew zwolniła bieg, wszystko to na myśl, na ziarnko myśli, że skoro jest już starsza od własnej starości, może jej się przytrafić i ta przykrość – ziarnko myśli kiełkowało niepowstrzymanie – i to okrucieństwo może na nią los zesłać, że Regina, zbyt stara, by mieć wnuki, zbyt nieżywa, by mieć pewność własnego istnienia, jest również zbyt niedołężna, by trafić na miejsce, by znaleźć punkt, do którego za życia docierała instynktownie, by dojść do grobu męża. Skoro już ziarnko myśli pojawiło się i kiełkowało, Reginę coraz silniej ogarniał strach, coraz więcej rzędów nagrobków szczelnie otoczonych rodzinami żywych bliskich wyglądało podobnie, wyglądało identycznie, coraz mniej w tym wszystkim było punktów rozpoznawalnych. Znała to miejsce na pamięć, ale była to pamięć specyficzna, odświeżana tylko raz do roku, pamięć zakładająca, że na cmentarzach rok mija jak dzień, że na cmentarzach nie powinno się w ciągu roku zmieniać więcej niż przez tydzień, i teraz ta pamięć nie była jej pomocna. Regina pomyślała, że skoro ma coraz częstsze poranne kłopoty z rozpoznaniem dnia tygodnia, całkiem możliwe jest przecież, że może jej się z pamięci wymknąć układ nagrobków, pamiętała co prawda o brzózce, wiedziała, że jest tu przecież ta błogosławiona brzózka, pamiętała, że każdego roku, idąc do grobu męża, mówiła sobie w duchu „jak to dobrze, że mąż leży opodal brzózki, inni muszą się nabłądzić wśród tych grobów, a ja mam brzózkę", ale dzisiaj brzózki nie było i im bardziej w Reginie kwitła myśl o tym, że mogłaby nie trafić, tym większy w jej pamięci powstawał popłoch. Starała się uspokoić, wiedziała chociażby od córki, że takie nagłe amnezje przytrafiają się właśnie wtedy, kiedy się ich bardzo bardzo nie chce, córka Reginy często zapominała kod do swojego telefonu, często dzwoniła do matki „mamuś, szybko, bo dzwonię grzecznościowo, podaj mi PIN mojej komórki, tam masz gdzieś zapisany na kartce nad telefonem, szybko szybko!"; Regina oczywiście miała zapisane wszystkie ważne numery, w kajeciku przy łóżku notowała przez całe życie numery kont, telefonów, kody, adresy, hasła, te dawno nieaktualne sąsiadowały z nowymi, bo żal było wykreślać, nigdy nie odważyła się wykreślić z notatnika numeru telefonu zmarłej osoby, od wykreślania jest Pan Bóg, myślała, a numery niech sobie jeszcze trochę pożyją, niech ci zmarli żyją choć u mnie w numerach, zawsze odnajdywała sprawnie właściwy numer i dyktowała córce, i czuła się wtedy szczęśliwa, bo taka już rola matek, by pamiętać o dzieciach i za dzieci. Regina wiedziała więc, że im bardziej gorączkowo będzie chciała trafić we właściwe miejsce, tym mniejsze ma na to szanse. Kiedy zaś pojęła, że brzózkę ścięto, że po prostu jej nie ma, kiedy pojęła, że nie wie nawet, w którym miejscu jej nie ma, że nie potrafi sobie przypomnieć, gdzie jest to przybliżone „gdzieś tu", kiedy zrozumiała, że aby trafić na grób męża, będzie musiała przejść nagrobek po nagrobku wzdłuż kilkunastu identycznych, długich na setki metrów alejek, kiedy sobie uzmysłowiła, że nie ma na taką wędrówkę siły już co najmniej od dziesięciu lat, kiedy wreszcie dotarło do niej, że nie trafi na miejsce pochówku swojego męża i matki, poczuła za nimi potworną tęsknotę, jakby dopiero co umarli, jakby zostawili ją samą, bezsilną dziewczynkę zgubioną w tłumie, bojącą się zapytać, którędy do domu. Właśnie wtedy zaczęła płakać.

Regina wraca. W pełnym przedziale, wciśnięta w kąt przy drzwiach, z rękoma złożonymi na torebce pełnej zniczy. Myśli, że mogła je chociaż zapalić na zbiorowej mogile, ale przecież tam zapala się światełka dla tych, którzy nie mają grobów albo mają je daleko na obczyźnie, ale na pewno nie tym, których groby są trudne do znalezienia dla niedołężnych staruszek; Regina tak właśnie myśli o sobie, w gniewnej rozpaczy powiada sobie w duchu, że mogła te znicze zapalić sobie samej, bo jej już wśród żywych nie ma, a raczej jest pośród nich obca, nietutejsza, już od życia nieoczekująca niczego dobrego ani złego, przeto jeśli żyjąca, to śmiercią, jej wyczekiwaniem. Regina czuje, jak pod zwiotczałą skórą, w fioletowych żyłach na wierzchu jej dłoni tętni krew; wkłada beżowe rękawiczki, żeby krew ukryć, ma do krwi pretensje, że tak uporczywie daje znać o sobie, sama krew nie oznacza przecież życia, bicie serca nie wystarczy, by być żywym, serce musi mieć dla kogo bić, a Regina już nie chce, żeby biło, chce być już tam, gdzie nie ma krwi i żył, i skóry, gdzie nie ma starości, gdzie nie można błądzić i tracić, bo wszystko jest na miejscu. Regina wraca pociągiem do domu, choć wolałaby nie wysiadać, przejechać wszystkie stacje i zatrzymać się tam, po drugiej stronie tunelu, gdzie już się nie płacze inaczej niż ze szczęścia.

Podsłuchuje rozmowy w przedziale, ludzie są dziś odświętnie gadatliwi, jedni zazdroszczą drugim gadania, jedne rozmowy krzyżują się z drugimi, jakby każdy chciał obwieścić, że ma z kim rozmawiać, nawet jeśli nie ma o czym. Nie mieć z kim rozmawiać jest znacznie gorzej niż nie mieć do kogo się odezwać, Regina dobrze o tym wie, żacha się zawsze na córkę, kiedy ta skarży się do telefonu na swoje małżeństwo „my już od dawna nie mamy sobie nic do powiedzenia", mówi córka, a Regina wtedy myśli: sobie zawsze można coś powiedzieć, ale co to za przyjemność gadać do siebie. Wydaje jej się, jakby ten rozgadany przedział, jeden z wielu takich w rozgadanym pociągu, był w nią wymierzony, w jej samotne milczenie. Gdyby ją ktoś zapytał, co jest najgorsze w starości, odpowiedziałaby, że milczenie i samotność; tak odpowiedziałaby jeszcze niedawno, teraz powiedziałaby po prostu, że w starości najgorsze jest życie. To niepotrzebne, bezużyteczne życie, za które trzeba jeszcze płacić rachunki. Regina słyszy rozmowy, opowieści, historie stające ze sobą w szranki, kobiety, które jadą z nią w przedziale, jak małe dziewczynki rywalizują o palmę pierwszeństwa, o puchar zaduszkowej opowieści; Regina słyszy więc o staruszku, który powiesił się w dniu pogrzebu swojej żony, bo przeżył z nią sześćdziesiąt lat, dzień po dniu, a kiedy zmarła, już tylko czekał, aż mu serce pęknie, tylko że serce miał jak dzwon, dobre, przedwojenne, a i przodków miał długowiecznych, więc ani myślał czekać dłużej niż do pogrzebu, żeby od razu z żoną dać się zakopać, żeby ziemia jeszcze była miękka. Zaraz się włącza młodszy głos, opowiadający o młodym mężczyźnie, który nie chciał dać żonie rozwodu, sprawa ciągnęła się latami, on sobie życie jakoś ułożył, lepiej nawet niż z nią, szanowany, pogodny, sumienny człowiek, i wszyscy dawno już zapomnieli o tym nieudanym ożenku, ale sprawa się ciągnęła latami, od rozprawy do rozprawy w kilkumiesięcznych odstępach, życie się toczyło swoim torem, a sprawa gdzieś z wolna na bocznicy, już wszyscy dawno zapomnieli, ten rozwód trwał już trzy razy dłużej niż małżeństwo, aż wreszcie żona wygrała, dostali wezwanie, już na ogłoszenie, że rozwód, koniec i kropka, żona wyfiokowana z adwokatem pod rękę, rozchichotana, podniecona, czekająca, kiedy wreszcie przyjdzie eksmałżonek, nie doczekała jego, tylko zawiadomienia, że trup, że ciało

rozpoznać trzeba, bo skoczył z dachu, nie roz-
wiódł się, wolał umrzeć, postawić na swoim, po
tylu latach. Zaraz się włącza głos babski niski,
charczący, Regina wyczuwa stęchły oddech nało-
gowej palaczki, głos komentuje, stwierdza, że sa-
mobójstwo to egoizm, bo tak naprawdę człowiek
nigdy nie jest aż tak samotny, jak mu się to wydaje, zawsze jest chociaż jedna osoba na świecie,
którą taka śmierć zrani, a nawet jeśli nie na świecie, to w zaświatach, bo przecież to głupota wie-
szać się z tęsknoty za umarłą, bo przecież jeśli
niebo jest, to właśnie samobójstwem na zawsze
się przed sobą zamyka bramy tego nieba, i w zaświatach będzie się dalej tęsknić i cierpieć rozłą-
kę, tylko że wiecznie, na tym właśnie polega piek-
ło, że to, przed czym w życiu chcemy najbardziej
uciec, ostrzy tam sobie na nas piekielne zęby.

Regina nie chce już słuchać, zwłaszcza że
na rozmowę reagują dwie siksy tuż obok, jedna
drugiej szeptem przeplatanym chichotem mówi
o babci, która zmarła na sklerozę, wszystko zapominała, aż w końcu zapomniała, jak się oddycha,
i śmieją się teraz, kryją twarze w dłoniach i popar-
skują z cicha, żeby nie budzić zgorszenia. Regina
nie chce już patrzeć, bolą ją oczy, zbyt wiele łez

wylała na zimnym powietrzu, zbyt wiele łez rzuciła na wiatr chłodny, zamyka więc oczy, nie słucha, nie patrzy, czuje tylko rytm wagonu, drgania kół na szynach, myśli, że źle dzisiaj spała, że właściwie teraz mogłaby to odespać, czuje, że myśl się rozmywa, rozprasza, sennie, gęsto; zasypia.

– Śniło mi się, że umarłam we śnie – mówi, wysiadając ostrożnie z pociągu, podtrzymywana przez przystojnego mężczyznę, który elegancko dotknął ronda kapelusza, kiedy tylko wypatrzył ją ze stacji, przez szybę. Mężczyzna otwiera parasol, bo mżawka właśnie zaczęła przechodzić w deszcz, bierze Reginę pod rękę i prowadząc wśród tłoku dworcowego, mówi:

– A mnie się śniło, że żyłem przez sen.

Regina przywiera mocniej do ramienia męża. Wraca do siebie.

interludium
(F. Ch. op. 28 nr 18)

Staram się nie pamiętać o tym, jakim koszmarem było przez ciebie moje życie na ziemi. Tu wspomnienia zarastają szybciej niż zaniedbane groby, bardzo łatwo o zapomnienie, a jednak wciąż nie mogę sobie darować tego, że to jedno krótkie życie, które miałam, zmarnowałam dla ciebie.

Powiedzieć, że cię nie kochałam, to mało. Brzydziłam się tobą. Kiedy byłeś przy mnie, brzydziłam się twoją obecnością; kiedy cię nie było, brzydziłam się samą świadomością twojego istnienia. Nieważne, co mówiłeś; nieważne, czy mówiłeś do mnie, czy słyszałam twój głos przez ścianę. Nienawidziłam sposobu, w jaki zamykałeś i otwierałeś drzwi, już po tym poznawałam cię z daleka; nienawidziłam twoich kroków, zwłaszcza jeśli miałeś na nogach pantofle, nienawidziłam dźwięku, jaki wydawały, obijając się o spody twoich stóp. Nienawidziłam twojego głosu, do tego stopnia, że sama przywoływałam twoje telefony, kiedy tylko pomyślałam o tym, jak to dobrze, że tak długo nie dzwonisz. Nie mogłam znieść tego, że do mnie zawsze odzywałeś się bez potrzeby; innym wydawałeś polecenia albo udzielałeś wywiadów, audiencji, innym zawsze miałeś coś do powiedzenia, a do mnie gadałeś po próżnicy, o niczym, zawsze nie w porę. Nienawidziłam twoich nienagannych manier przy stole, tego bezgłośnego mlaskania, cichego uderzania łyżki o dno talerza, ocierania wąsów lekko umoczonych w zupie. Nienawidziłam cierpliwości, z jaką znosiłeś moje zaczepki; nienawidziłam nerwowego kiwania stopą, które było jedynym znakiem tego, że udało mi się ciebie zranić.

Nienawidziłam cię za to, że mnie nie zdradzałeś, że mnie nie biłeś, że mnie nie gwałciłeś, za to, że zarabiałeś na nas oboje i stwarzałeś mi ten martwy komfort małżeński – nie dając mi tym samym żadnego powodu, żebym mogła od ciebie odejść.

Jednak przede wszystkim nienawidziłam cię za to, że sama nie mogłam cię zdradzić, bo jako twoja żona zdradziłabym naród, skazałabym się na stos, a w najlepszym razie na banicję w wiecznej niesławie, o nie, nie mogłam cię zdradzić, wszystkich swoich niedoszłych kochanków przeganiałam z sypialni, kiedy okazywało się, że nie podniecały ich moje pieszczoty, tylko fakt, że kradną je tobie, przeklęty sukinsynu!

Wiesz, ja wymodliłam tę chorobę. Modliłam się o to, żeby ten horror wreszcie się skończył, myśla-

łam o tym, że nawet najstraszniejsza kara za samo-
bójstwo nie przeraża mnie bardziej niż myśl o tym,
że możesz przyklejać się do mnie w nocy spoconym
cielskiem do końca życia. Pamiętasz, jak krzyczałam?
Budziłeś się wtedy i usiłowałeś mnie uspokoić tym wil-
gotnym szeptem, tymi parszywymi pocałunkami, uścis-
kami, mówiłeś, że to tylko senna mara — a ja nie krzy-
czałam przez sen, tylko już po przebudzeniu, kiedy
okazywało się, że twoja skóra przykleiła się do mojej,
krzyczałam z obrzydzenia, kiedy usiłowałam się od
ciebie odsunąć i czułam, że najpierw muszę się odkleić
od twojego tłustego dupska!

Myślałam, że nawet jeśli w grobie nie stracę
świadomości, jeśli na tym właśnie polega czyściec,
że się nie traci świadomości, dopóki ciało nie obróci się
w proch — wytrzymam, bo wolę, żeby moje wnętrz-
ności toczyły larwy, niżbym miała noc w noc przyjmo-
wać w pochwie wielkiego robaka wgniatającego mnie
w prześcieradło.

Wymodliłam sobie tę chorobę. Ty padalcu, nie
wiedziałeś, jak mi ulżyć, myślałeś, że cierpię, a ja by-
łam szczęśliwa, bo każdy atak zbliżał mnie do wolno-
ści. Umierałam z rozkoszy, kiedy życie wysychało we
mnie na wiór, bo wreszcie przestałeś mnie pożądać,
a potem zacząłeś się bać, jakby śmierć była zaraźliwa

– nareszcie mogłam spać osobno, sama w łóżku, sama w sypialni, a w końcu, kiedy moje jęki stały się dla ciebie nieznośne, sama na oddziale, w luksusowej – a jakże – izolatce, którą mi załatwiłeś.

Dopiero po śmierci odżyłam. Teraz mogę oddychać całą duszą.

Nie pozwolę, żebyś mi to odebrał.

Obyś żył wiecznie.

Doktor Haust

I. *wyobrażenia*

Szczekanie. Uporczywe, jednostajne, monotonne.

To musi być jamnik. Mimo upału zamknąłem okno i dalej go słyszę, spod podłogi, a więc to jamnik sąsiadów z parteru, najgorszy przypadek, bo oni wrócą z pracy za jakieś pięć godzin, a on właśnie stoi w przedpokoju nad gumowym świńskim uchem i szczeka, żeby mu je ktoś na chwilę uczynił uchem latającym, nie rozumie, że pańci ani panka nie ma w domu, będzie tak szczekał przez tych pięć godzin, czasem robiąc przerwę na truchcik do kuchni, żeby wychłeptać trochę wody z miski, skoro mu zaschło w psim gardle, i wróci do zabawki, stanie nad nią i zaszczeka, bo w swoim pierogo-mózgowiu zakonotował, że od szczekania zabawki latają, związek ręki ludzkiej z tym zjawiskiem nie jest dla niego czytelny, będzie więc szczekał pięć godzin, póki nie wrócą, a ja mam przyjmować kolejnych pacjentów i skupiać się, a przynajmniej mieć skupiony wyraz twarzy, żeby nie usłyszeć pytania „przepraszam, czy pan mnie w ogóle słucha?".

Taak. Słucham od pięciu lat, od kiedy otworzyłem gabinet, jestem zawodowym słuchaczem, terapia dla opuszczonych to był strzał w dziesiątkę, prowadzę dokładne notatki, z których wynika, że słucham już prawie po raz trzytysięczny, słucham, ale kiedy się nie wsłuchuję, oni zawsze to zauważą, i natychmiast niepokój i pretensje w głosie, w pytaniu „proszę wybaczyć, że w ogóle zapytałem, ale, wie pan, byłoby mi łatwiej, gdyby pan spojrzał na mnie czasem...".

Ten chce, żebym patrzył, inny, żebym broń Boże nie spoglądał, bo to peszy; tamta chce, żebym stał za nią, żeby mnie w ogóle nie widziała, bo inaczej się nie otworzy, inna, kiedy za nią stanę, jak nie wrzaśnie „proszę nigdy nie stawać za moimi plecami! Mój przeklęty ojciec tak mnie zachodził od tyłu!".

Teraz przyjmuję prawie wyłącznie facetów, zwykle z tym samym problemem: Ona odchodzi po latach, najczęściej całkiem słusznie, a On jest na etapie przejściowym między pierwszym gniewem a ostateczną tęsknotą, jeszcze „jest skłonny jej wybaczyć i przyjąć z powrotem", choć już zdaje sobie sprawę, że gotów odbyć drogę do Canossy na rowerze o kwadratowych kołach, byle wróciła. I choć już wie, że ona nie wróci nigdy, jeszcze nie miał odwagi sobie tego powiedzieć – dlatego przyłazi do mnie, zawsze przychodzą, żeby usłyszeć z moich ust to, co sami się boją nazwać. Przychodzą po to, żeby ich życia nabrały rangi opowieści, których ja muszę słuchać. I opatrywać przypisami, dokonywać bieżącej egzegezy. Żeby się ich wywleczone szmaty zmieniły w obiekty muzealne, żeby miały swoje oszklone gabloty i podpisy; ja ich katastrofy kataloguję, opisuję i oddaję zatopione w formalinie; wyrywam bolące zęby z ich spróchniałych dusz i zwracam zawinięte w chustkę.

Niektórzy przychodzą tylko raz, jak po rozgrzeszenie. Nie należy im przerywać, należy słuchać cierpliwie, cokolwiek by mówili. Akceptująco kiwać głową, nie za często, żeby nie wzbudzać podejrzeń, kiwać dokładnie wtedy, kiedy przywołują wzrokiem zrozumienie, kiedy po inwokacji przechodzą półgłosem do osobliwych wyznań, kiwać głową po to, by im głos wzmocnić, by ich wyleczyć z kompleksu występnych przyjemności.

Pies szczeka. Coraz wyraźniej. Jakby już biegał po suficie, jakby mordę przyłożył do mojej podłogi od spodu, jakby krok w krok za mną się posuwał i szczekał stamtąd, prosto na mnie.

A sąsiad z góry też już mieszka samotnie. Początkowo perliste salwy utarczek dobiegały mnie z okolic ich sypialni w godzinach wieczornych, potem już całodobowo: trzaski, wrzaski na sopran i sznapsbaryton kontrapunktowane ciszą dni milczących. Aż wszystko się zamknęło odgłosem silnika, żona odjechała, sąsiad musiał się odnaleźć jako kawaler z odzysku. Przez trzy dni słyszałem upiorną ciszę, czwartego do mnie przylazł. Rozmiękły jak mamałyga, przyniósł mi elegie miłosne do małżonki, zapytał, czy dobre, czy wróci do niego, jak je przeczyta. Mądry po smrodzie. Teraz poezja. Lament lada moment. Nawet nie wypadało mi go skasować. Wziąłem go pod włos, matematycznie, że tak powiem.

„Twierdzi pan, że się zatracił w tej miłości. No to teraz, kiedy pan stracił miłość, powinien pan odzyskać siebie. Tak mi wychodzi z rachunków..."

Potem standardowo przechodził pierwszy etap żałoby rozwodowej: zaczął się pętać po knajpach i kumplach z tą swoją lirą żałobną, a kiedy dostał wezwanie na pierwszą rozprawę, rozkleił się zupełnie, no i znowu do mnie przylazł, już oficjalnie, jako pacjent, gotów zawrzeć kontrakt.

Żalił mi się, że zaczął chodzić do burdelu, wybierał zawsze dziewczyny o największych piersiach, a potem, w pokoiku, zwijał się na ich kolanach w kłębek i ssał te wielkie sutki. One go głaskały, a on zamykał oczy i ssał. Czasem któraś zanuciła mu kołysankę.

Tak tak, dziarscy, wąsaci menedżerowie pod małżeńską kołdrą szukają grzejnika, raczej ciepłego kompresu na nerki niż erotycznych spełnień, seks z żoną jest dla nich po prostu higieniczną formą onanizmu. A potem, kiedy zostają sami, jęczą, że zapomnieli już, jak się zdobywa kobietę. Obyczaje matrymonialne nie funkcjonują już tak, jak to im się zapamiętało z lat studenckich. Wciąż rozpamiętują czas „klasy pomaturalnej" (tak nazywam wszystkich pierwszoroczniaków; zwykle na początku studiów oni kompletnie głupieją życiowo, w dodatku robią to parami). Strzelał tam który przy drugim piwie z Cortazara, jeśli niecelnie, to przy trzecim z Wojaczka, jeśli także pudło, to Stachura z czwartym piwem wystarczył, najpóźniej wtedy któraś musiała zareagować, można było przystąpić do wymiany rozpoznań, wyjąć z chlebaczka jeszcze po butelce, zacząć swoje wiersze półgłosem jej czytać, a potem już tylko ogłosić publicznie, że im się zbiera na namioty...

No cóż, dwie dziurki w nosie i skończyło się... Tłumaczę im, że reguły stwardniały, jak na rynku pracy – muszą stać się atrakcyjną ofertą, jakkolwiek brutalnie by to zabrzmiało. Już nigdy nie będą wakacyjnymi uwodzicielami, już się nawędrowali po wrzosowiskach za wszystkie czasy; ostatnie dziewczyny, które nakłaniali do

zapomnień, mają już dorosłe córki. Oczywiście, to
nie jest beznadziejny pomysł: rzucić firmę, wyzna-
jąc na odchodnym szefowi, że po piciu z nim
z jednego kieliszka zamawiało się w aptece do-
ustne środki dezynfekcyjne, potem zajrzeć na uni-
werek, dawny profesor się ucieszy, może pomóc
w przyjęciu na studium doktoranckie; pracownicy
naukowi mają zniżkę na kolej, będzie można od-
kurzyć chlebaczek, spakować brulion, długopis
i ruszyć w samotny rajd po Polsce, prędzej czy
później trafi się na dojrzewającą wisienkę, która
zamiast rodziców wolałaby podtatusiałego poetę,
pytałaby „Misiaczku, jaki jest twój znak zodia-
ku?", a on odpowiadałby „Wagabunda", pływaliby
sobie kajaczkiem, jeździli rowerkami, całowali się
na zarośniętych kirkutach, kochali na basztach
starych zamków, mając wszystko pod sobą, ale
przed sobą mając jesień, jej powrót do szkoły i rodziców, ich pytania o odpowiedzialność, o byt,
o bezpieczeństwo, a jeśliby nawet ich przekonała,
że on nie taki stary, na jakiego wygląda, dociekli-
wy ojciec i tak dogrzebałby się wreszcie do jego
metryki, a także, co gorsza, aktów urodzenia
jego dzieci, dokumentacji spraw rozwodowych
i alimentacyjnych, i jeśli nawet nie poszczułby go

rottweilerem, popracowałby nad córką, oj, zasiałby w niej ziarenka zwątpień, a nawet gdyby jeszcze i te trudności przetrwali, dziewczynka niebawem skobieciałaby, jak jej poprzedniczki, i wrzosowiska uznała za nieco przedeptane, podziękowałaby gorąco: „Wiesz, przy tobie jest cudownie stawać się kobietą, ale potem się z ciebie wyrasta".

Czasem się zastanawiam, dlaczego właśnie mnie płacą tak beztrosko sumy, za które mogliby spędzić tyle samo czasu w dowolnie wybranym burdelu na integracjach cielesnych wedle życzenia. Życie jest dla nich stanem zbyt przewlekłego ryzyka, by mogli się czuć komfortowo w pojedynkę. Mają pieniądze, więc przywykli do tego, że komfort im się należy, a tu klops, jajecznica z przedwczoraj przyschnięta do patelni, w zlewie kolonia mrówek odurzona resztkami krupniku w szklaneczkach, na dywanie sztorm, bałwany kurzu, szafa po otwarciu wyrzyguje na podłogę niedbale upchnięte koszule. Oni zachęcają do współudziału w życiu, szukają wspólnika po to, by go wrobić w odpowiedzialność za brudną robotę.

Szczekanie. Szczekanie. Jamnik wychłeptał całą wodę z miski i szczeka dwa razy głośniej, z dwóch powodów: że ucho nie lata i że go suszy. To jest jak tortura kropli wody, drąży skałę i mózg jednocześnie, pójdę na dół i zabiorę to bydlę do weterynarza na humanitarną operację strun głosowych, jedno delikatne smagnięcie skalpela wystarczy, jak ostatnie pociągnięcie smyczkiem przed zbawienną ciszą. Mam przecież klucze. Sąsiedzi kiedyś wyjeżdżali na wakacje (z psem) i poprosili, żebym podlewał ich kwiatki. Sąsiedzka ufność, psiakrew, mianowali mnie woźnym, cieciem, stróżem ich dobytku, miałem do wyboru odmówić (i odtąd uchodzić w ich oczach za skończonego gbura, co mogłoby za sobą pociągnąć rozplotkowanie miasta i w dalszej kolejności pozbawienie mnie większości pacjentów) albo udać, że czuję się zaszczycony ich zaufaniem. Zlazłem pierwszego wieczora, w dobrej wierze, nie tylko po to, żeby obejrzeć sobie, jak mieszkają (a mieszkali bogato i bez gustu, dokładnie tak, jak przypuszczałem), zlazłem i zrozumiałem, że ich bezdzietność musi być nieuleczalna, bo choć zabrali psa, mieszkanie pełne było żyjątek, sąsiadka kompensowała brak potomstwa, matkując dziesiątkom istnień w donicach i doniczkach (w życiu bym nie zapamiętał, które już podlałem, a którym grozi uschnięcie), poza tym mieli tam jeszcze dwa akwaria, jedno zatłoczone gupikami, drugie z samotnym welonem, na stole znalazłem kartkę „Rybkom wystarczy raz dziennie porcja suszu, dziękujemy". Ani mi się śniło marnować czas na doglądanie tej menażerii, gdybym się na tym stanowisku sprawdził, każdy ich urlop byłby dla mnie koszmarem, oni rozkładaliby ręczniczki na skałach Costa Brava, a ja w tym czasie usiłowałbym rozpoznać sztuczne palmy od prawdziwych araukarii, żeby nie podlewać plastiku, musiałem więc coś spieprzyć, na tyle delikatnie, żeby mnie nie posądzili o złośliwość, ale też dostatecznie dotkliwie, żeby nigdy już nie zechcieli powierzyć mi swojego M5, musiałem zrobić to tak, żeby mnie uznali za roztargnionego, żeby zamiast nienawiści czuli politowanie. Kupiłem więc rureczniki, *tubifex,* żywy pokarm, kłębowisko sznurówek wijących się w miseczce, kupiłem, żeby wyszło na taką sąsiedzką gorliwość, że niby susz starczy, ale dodaję coś od siebie. Gupiki były jeszcze młode, świeży miocik, małe rybie gardziołka, ledwie rozpoczęty rozwój pawich ogonków, właśnie dla nich kupiłem rureczniki rozmiaru XXL, włożyłem do karmnika i z pasją obserwowałem zagładę, klęskę ruchów robaczkowych przełyku w starciu z ruchami robaczków.

Już nigdy mnie o nic nie poprosili. Ale klucz sobie dorobiłem.

Strzał? Dobrze słyszałem? Strzał z pistoletu?

W tym domu? Kto? Do kogo?

Szczekanie ucichło.

II. *obrażenia*

Sąsiad z góry.

Był u sąsiadów z dołu.

Też sobie dorobił klucze; odkąd im zgładziłem gupiki, to jego prosili o pomoc.

Zastrzelił psa.

Żona zapowiedziała, że przyjedzie po resztę rzeczy, on ją ostrzegł, żeby tego nie robiła, bo już jej nie wypuści. Kupił jakąś tandetną spluwę od Ruskich. Chodził po mieszkaniu i gonił się z myślami, wiedział, że to może być ostatnia szansa na ich spotkanie, że jeśli teraz jej nie zatrzyma, nie zrobi tego już nigdy. Postanowił zastrzelić swoją żonę, jeśli nie będzie chciała z nim zostać. Nie potrafił wymyślić sposobu, by ją przekonać.

Nie mógł się skupić przez psa.

Powiedział, że dotychczasowe spotkania ze mną niewiele mu dały, wyczuwał we mnie rozkojarzenie, a nawet, jak to ujął, denerwujący rodzaj pogardy. Powiedział, że brakuje mi motywacji do wykonywania zawodu. Powiedział, że jestem samotnym frustratem, który osobiste niepowodzenia miłosne kompensuje w swoim gabineciku.

W normalnych warunkach za każde z tych zdań wyprosiłbym go i nigdy więcej nie przyjął. Ale on mówił to, mierząc do mnie z broni, którą przed chwilą zabił zwierzę.

Mówił, że jeśli nie pojmie, dlaczego ten związek się rozpadł, nie będzie mógł czuć się winny. Miałem go przekonać, że życie bez żony ma sens. Jeśli mi się to nie uda, strzeli mi w łeb, potem przywita kulą żonę, a na końcu sam się zabije. Powiedział, że mam godzinę. Tyle, ile zwyczajowo poświęcam pacjentom, w końcu od godziny mi płacą.

Ten wariat trzymał moją śmierć pod rękę, wyglądało na to, że już się dogadali, musiałem to odwrócić.

*

Powiada pan, że się źle czuje? Pan się w o g ó l e nie czuje, pan stracił samopoczucie, w panu jest samo cierpienie. Pan symuluje życie, nie ma pan czasu żyć, bo pan cierpi. Ja definiuję cierpliwość jako zdolność do znoszenia cierpień – pan jest niecierpliwy, w pana duszy jest za mało miejsca, stąd cierpienie wypełnia pana bez reszty.

Pan to musi pamiętać – kiedy pan ją kochał, kiedy ją zdobywał: każdy krok zbliżał pana do niej, czas płynął tylko w jej stronę, dzielił się na ten spędzany z nią – liczony normalnie, i ten, który upływał między waszymi spotkaniami – odliczany. Potem, kiedyście już ze sobą żyli, kiedy jej obecność była stanem permanentnym, przestał pan odliczać. Oczekiwał pan od niej, a nie wyczekiwał jej. Liczył pan na nią, zamiast odliczać minuty do jej powrotu. Panu się wydało, że tak już pozostanie, że to jest nieodwołalne. No i teraz przeżywa pan to, co tysiące zawiedzionych mężczyzn, i jak oni wszyscy wierzy pan, że to jest cierpienie absolutnie niepowtarzalne, jedyne i nieporównywalne. Pan po prostu doznaje utraty; teraz to wszystko, co uwierało jako powszedniość, wszystkie te wasze nużące popołudnia, ten, jak to pan mawiał, marazm z Rotterdamu (czy nie tam po raz pierwszy pomyśleliście o rozwodzie?), który was regularnie odwiedzał, wydaje się panu niedościgłym ideałem, oddałby pan duszę diabłu, żeby móc przenieść się w czasie do tej monotonii i rozsmakować się w niej. Ale to jest złudzenie, proszę mi wierzyć. Właśnie w bezpowrotnej utracie tkwi cały posmak, musiał pan jej zaznać, żeby zobaczyć z zewnątrz to wasze nieznośne ciepełko, od którego pan wtedy tak się chciał uwolnić. To jasne: ciepło można poczuć, tylko znając chłód, te stany nie funkcjonują w pojedynkę; pan nie zaznał zimna od tak dawna, że ciepłem zaczął gardzić.

Wie pan, co to znaczy dojść do siebie? Niechże pan znów kroczy zdecydowanie w obranym kierunku, ale na końcu drogi niech sam pan na siebie czeka – pan we własnej osobie, tej oczyszczonej z toksycznych wspomnień. Skoro pan się zamęcza rozpamiętywaniem, niechże pan sięgnie pamięcią nieco dalej, niech pan sobie przypomni siebie takiego, jakim pan był tuż przed poznaniem tej kobiety – pan się wtedy musiał czuć bardzo mocno, pan musiał wtedy w siebie wierzyć bardzo silnie: skoro i ona pana poczuła, w pana uwierzyła, mój drogi, na tyle lat. Pan teraz zdaje się być tym jamnikiem, który goni się i ucieka przed sobą jednocześnie, za ogonem, wokół drzewa. Przed sobą można uciec, można wychodzić z siebie, żeby uciec: w szaleństwo albo w śmierć – tylko co to za wyjście? Ja bym wolał, żeby pan, zamiast występować z s i e b i e, raczej znów zaczął występować w s w o i m i m i e n i u.

Ma pan ciało, ma pan duszę, ale nijak one się w panu nie chcą skleić do kupy. Bo pan jest biedny i osamotniony.

Nie, ja sobie z pana wcale nie kpię, pan jest naprawdę osamotniony. Samotność jest stanem, do którego się przywykło, ale osamotnienie równa się świeżej utracie, wygnaniu z raju; osamotnienie to jest mimowolne wtrącenie w samotność.

(Zapadał się, musiałem go rozruszać, bo wyglądało na to, że nawet jeśli mnie oszczędzi, zaraz sam sobie strzeli w łeb. To nie był człowiek, to było ucieleśnienie lamentu, w nim skowyczał każdy oddech, każde zmrużenie oczu, każda linia papilarna, każda krwinka. Tu i prozac by nie pomógł, jemu by się przydały elektrowstrząsy. Cóż ja mogłem z nim począć? Sam swój dyskurs miłosny zamienił w dyskurwysyństwo, sam wolał spać osobno, żeby móc pierdzieć pod kołdrą, a teraz ja miałem za to ginąć?!)

Ja to panu może zobrazuję: różnica jest taka jak między celą zakonną, w której przez lata dokonuje się samotność najwyższa, bo wybrana, kontemplowana, ofiarowana: samotność-dla-Boga, a celą więzienną, w której się odsiaduje wyrok osamotnienia. Nawet jeśli to jest cela zbiorowa; ludzie, na których jesteśmy skazani (w więzieniu czy na wolności), nie dają nam ulgi. Matka pana skutecznie nie pocieszy po odejściu żony, ale i w przypadku śmierci matki żona niewiele by wskórała, by ulżyć pańskiej rozpaczy. Rozpacz osamotnienia to jest odpowiedź duszy okradzionej z konkretnej, jedynej i niezastąpionej współobecności. Człowieka nie można zastąpić; nie wróżę niczego dobrego mężczyznom, którzy w kolejnych związkach szukają odtworzenia kogoś, kto odszedł bezpowrotnie. Nowa partnerka nie wcieli się w pierwszą miłość, bo ta – przefiltrowana przez pamięć – oszustkę – trwa jako ikona, do której się przyrównuje następczynie. Pamięta pan swoją pierwszą miłość?

Ja sobie przypomniałem niedawno; odwiedziłem rodziców, stałem na korytarzu przed drzwiami, rozglądałem się na boki, widziałem brudne pajęczyny w rogach ścian, widziałem kurz na starym liczniku gazu, widziałem, że blaszka z numerem mieszkania wciąż się odgina. Czekałem, aż podłoga za drzwiami zaskrzypi, aż usłyszę drobne kroki matki albo ciężkie stąpnięcia ojca, rozglądałem się na boki, podszedłem do ściany, znalazłem wydrapaną maczkiem w tynku datę swojej inicjacji. I wtedy przypomniałem sobie Hankę, jej myszkę na policzku, meszek nad wargą, przypomniałem sobie, jak się śmiała w trakcie i płakała zaraz po, a ja, skołowany, nie śmiałem zapytać, co zrobiłem źle, pamiętam też, jak potem mnie głaskała, brała moje włosy między palce i mierzwiła, tego nie mogłem zapomnieć, przecież od tej pory wszystkim następnym zawsze kazałem się czesać, czochrać, głaskać, taak, szkoda tylko, że nie pamiętam już zapachu. A właśnie za zapachem tęskniłem najbardziej, przez zapach umierałem z tęsknoty, skropiła mój rękaw pachnidłem po to, żebym tęsknił, wiedziała, że wyjazd jest nieodwołalny, wyjechała kilka dni później do Niemiec, z rodzicami, na zawsze, a ja zostałem z zapachem słabnącym z dnia na dzień na rękawie, z dnia na dzień wwąchiwałem się w rękaw coraz bardziej i czułem coraz mniej. A potem matka wyprała koszulę. Płacząc i pociągając nosem, wycierając łzy i śluz w rękaw tej koszuli, wydrapałem datę na ścianie. Patrzyłem na nią niedawno, po latach, kiedy stałem przed drzwiami rodziców; do dziś nie pomalowali ścian w korytarzu.

Człowieka nie da się odtworzyć, niech pan nie wierzy tym genetycznym szarlatanom. Człowiek jest tym, co przeżył. Nie da się sklonować wspomnień, świadomości, pamięci. To tak, jakby uznać, że każda strona poematu jest identyczna z pozostałymi tylko dlatego, że zostały napisane na takich samych kartkach. Póki ci geniusze nie wymyślą, jak do sklonowanych ciał transplantować mózgi, nie grozi nam nieśmiertelność.

Cóż by wobec tego były warte nasze życia, gdybyśmy ich nie mogli zapisać? Najlepiej na bieżąco, w dzienniku; radzę panu na gorąco pisać dziennik, spisywać wszystko, co się panu przytrafia – po to, żeby przed śmiercią życie stanęło panu przed oczyma, zanim stanie panu w gardle.

(Lufa drgnęła.)

Oto więc, kiedy To Jedno Życie, które ukochaliśmy, na zawsze gaśnie, kiedy staje się całe nieodwołalnie zamkniętą historią, nie możemy się pogodzić z tym, że niczego już nie można do niego dopisać...

Wszystkie małżeństwa w rozkładzie męczy ten sam problem: nie potrafią reanimować tego, co było na początku, mówią „ach, wtedy się kochaliśmy, pamiętasz? To było niepowtarzalne, dzisiaj to nawet nie jest echo tamtych czasów" – no i mają do siebie pretensje, że niepowtarzalne nie chce się powtórzyć. Bo kubeczki smakowe już przywykły do tego języka, do smaku tej śliny, bo ciało już się opatrzyło, bo się w nim poznało wszystkie zakamarki – wyrzucają to sobie, a potem wyrzucają się z domów, rozstają, rozwodzą. Po to, żeby zrozumieć, że to opatrzone ciało, ta spowszedniała dusza były przecież ich częścią. Zaczynają tęsknić; pamięć, która była przekleństwem ich nieudanych zmagań miłosnych, nagle zawodzi – ciało, które się znało na pamięć, gdy było na wyciągnięcie ręki, nagle nie chce się przypomnieć. A jeśli się przypomina, utrwalone w pokątnie chowanych fotografiach, które się zrobiło w czasach pierwszej euforii, kiedy się chciało światu całemu pokazać nago, razem, jeśli więc fotografie się odgrzebie, kurz zdmuchnie i przypomni Ten pieprzyk, Tę bliznę, To znamię, natychmiast czuje się brak jeszcze większy, bo w fotografii nie ma Tego zapachu, Tych gestów, Tego głosu. A jeśli się nie zdoła oprzeć rozpaczliwej pokusie ciał przygodnych, nie można ich po prostu konsumować – bo się je przyrównuje, na cudze mapy nakłada tę jedną, na obczyźnie szuka znanych miejsc, kolęduje na syberyjskiej zsyłce; bo każda jest Nie-Nią, bo każdy jest Nie-Nim, nie istnieją samodzielnie, lecz jako beznadziejne substytuty, punkty odniesienia, a każdy oddala, oddala, oddala.

I pomni się, że w monogamicznej monotonii miewało się sny erotyczne z tłumnym udziałem
anonimowych statystów, starannie dobranych
w podświadomym castingu partnerów, lecz nigdy
ze współmałżonkiem; ze współmałżonkiem się
spało nie po to, żeby o nim śnić. Śni się tylko
o kimś, z kim się być nie może; chyba że się śni
o kimś, z kim się rozstało.

Jeśli byliście ze sobą naprawdę, to zdecy-
dowaliście się na prawdę – prawdę o sobie odkry-
waną dobrowolnie, ufnie, choć z niepokojem, czy
aby ona nie zniechęci, nie odczaruje uroku. Widzi
pan, zawsze przychodzi taki moment, w którym
nastroszone godowe pióropusze linieją, trzeba
wtedy od razu je zdjąć w całości, żeby nie nara-
żać się na stopniowe, wstydliwe obnażanie praw-
dy o sobie osobie drugiej, tej najważniejszej
z Drugich.

(Zbladł. Policzki wyżłobione przez łzy
w pionowe zmarszczki. Milczał. Prawie nie oddy-
chał. Tak mogłaby wyglądać ofiara wampira.)

Ależ pan jest apatyczny – ja widzę, że panu bliżej do Morfeusza niż Orfeusza, pan nie chce już nigdzie dojść, w panu już wszystko doszło – do tego, że teraz tylko zasnąć, nic więcej, spać... Dlatego żadnych pigułek panu nie przepiszę. Pan zasypia zbyt łatwo, a lekarstw na przebudzenie niestety nie ma. Przecież pan się budzi tylko po to, żeby sprawdzić na zegarze, ile panu jeszcze zostało do zaśnięcia.

Niech pan sobie przypomni tych kilkanaście sekund po przebudzeniu, kiedy się pan jeszcze nie odnalazł na mapie, kiedy jeszcze trwa to namierzanie ciała przez duszę. Ciało się zwykle budzi pierwsze, zanim dusza zdyszana snem zdąży wrócić, jest kilka chwil niepewności, wtedy jesteśmy sobie obcy, nie wiemy, co to za łóżko, pokój, okno, a najpóźniej dowiadujemy się, co to za język. Ludzie przez sen wyją, wrzeszczą, ale przecież prawie nigdy nie są to pełne zdania – kiedy koszmar nas przydusi, kiedy już go rozpoznamy i wiemy, że pozbyć się go można tylko przez przebudzenie, ba: kiedy już nawet otwarliśmy oczy, spoceni, z gardła wydostaje się ledwie zdławiony jęk, dopiero kiedy czuła ręka go z nas zdejmie, jesteśmy w stanie przebudzeniem się zachłysnąć, wynurzyć się z wody tuż przed zatonięciem. Pan jest teraz właśnie w tej fazie: koszmar już się wyśnił do końca, ale pan go jeszcze z siebie nie potrafi strząsnąć, leży pan i jęczy, tylko teraz pan wie, że ani w pana łóżku, ani w pokoju już nie ma nikogo, kto by się panu pomógł obudzić. Jest za to wampir.

Wampiry istnieją, tylko że zamiast krwi wysysają z nas sny.

Kiedy się pan budzi bez wyraźnej przyczyny w środku nocy, dziwnie zaniepokojony, i słyszy, jak meblom trzeszczą kości, jak mlaskają kaloryfery, i już pan nie potrafi zasnąć – może pan być pewny, że to wampir wyssał z pana sen. Noc ma pan z głowy, będzie się pan do rana przewracał z boku na bok, ale nawet półdrzemka panu nie ulży.

Nie powinien pan się zamykać przed ludźmi, niechże pan kogoś zaprosi do siebie, cierpienie łatwo się rozchodzi po gościach...

Niechże pan będzie mężczyzną, proszę sobie wyobrazić te stracone miłości, ojcostwa, macierzyństwa, które się poniewierały w stosach trupów, na wysypiskach śmierci, na wojnach, w obozach, w czasach zarazy – proszę pomyśleć o tym wszystkim, co ludzie p r z e ż y w a l i bez nadziei i wiary w życie; panie kochanieńki, przeżyć da się wszystko, oprócz własnej śmierci, pan to słyszał, prawda?

Wiem, wiem, pan nie potrafi żyć dla siebie, pana życie musi mieć adresata, tak jest z każdym, w przeciwnym razie po cóż by ludzie spisywali testamenty. Pana adresatem musi być kobieta, pan czuje, że życie ma sens tylko jako list miłosny. Gdyby pan każdy krok, każdy gest i słowo ważył tak, jakby to były wersy miłosnego listu – wszystko byłoby dobrze, prawda?

*

Przerwał mi. Wstał i powiedział, że mu wystarczy. Że odebrałem mu resztę chęci do życia. Nawet trzymany na muszce go upokarzam. Zawsze nienawidził tego zawodowego opanowania urzędników, prawników, psychologów, wszystkich tych przeklętych gabineciarzy. Tak powiedział.

I jeszcze to, że żona już dawno przyjechała.

Pistolet nawalił, kiedy chciał ją zastrzelić, więc pogruchotał jej czaszkę kilkunastoma uderzeniami kolbą.

Potem naprawił broń, sprawdził na psie.

Powiedział, że chce jeszcze tylko zobaczyć, jak to jest, kiedy się boję.

Wymierzył we mnie.

„Już się nie zacina", powiedział i strzelił.

Kurważeż jego mać, strzelił do mnie!!!

„Przepraszam, najpierw chciałem trafić w brzuch, ale to tandenty sprzęt", powiedział, kiedy umierałem z dziurą w sercu.

Potem przyłożył sobie lufę do skroni.

III. *obrazy*

Mój syn miał wtedy dziesięć miesięcy.

Był już ubrany do wyjścia, w kurteczce, bucikach, zdjąłem mu tylko czapkę, żeby się nie zgrzał. Przeganialiśmy razem muchy krążące wokół żyrandola, to była jego ulubiona zabawa: brałem go na ręce i machałem ręcznikiem nad głową, wołaliśmy razem „a sio!" i śmialiśmy się do rozpuku.

Potem przeniosłem go do okna, podałem torebkę z ziarnem i patrzyłem, jak je wyjmuje maleńkimi garstkami i niezgrabnie wysypuje na parapet. „Ptaszki zaraz przylecą!", wołałem, a on wtórował mi po swojemu „aśki, aśki!".

Żona przyszła po walizki z teściem, on był już wtedy dość schorowany, więc oddałem jej dziecko na ręce i zaproponowałem, że pomogę mu znieść bagaże. „Ty już lepiej sobie pomóż", powiedział. „Ode mnie się trzymaj z daleka. I od mojej córki też", powiedział i wyszedł.

Wynosząc chłopca, powiedziała, że niebawem wyśle kogoś po resztę rzeczy, wkrótce też powinienem dostać wezwanie na pierwszą rozprawę. No i że wszystko nie potrwa długo, jeśli nie będę robił trudności.

Kiedy zamknęły się za nimi drzwi, słyszałem jeszcze przez chwilę ich kroki, głosy, potem dźwięk zjeżdżającej windy. A kiedy już zostałem sam z martwą ciszą opustoszałego mieszkania, zacząłem się zastanawiać, co mi grozi w przypadku niezgody na rozwód, cóż takiego dla mnie przygotowała na wypadek, gdybym r o b i ł t r u d n o ś c i. Zadałem sobie pytanie, ile mogę zaryzykować, czego najbardziej się boję.

Usłyszałem trzepot skrzydeł – gołębie zleciały się do wysypanego przez dziecko ziarna.

Najbardziej się bałem, że już nigdy nie zobaczę syna.

Mój drogi, nigdy nie zostawaj w mieszkaniu po żonie. To jest przestrzeń raz na zawsze przyporządkowana, to była scena waszych wzlotów i upadków, ale spektakl już się skończył, bile-

162

ty straciły ważność, trzeba się rozejść, rozejść się! Nie zostawaj tam, nie czekaj, tylko wiej, chłopie, lepiej wiej na cztery wiatry.

W przeciwnym razie po długim ciągu pijackim w końcu obudzisz się kiedyś, przemęczysz jakoś kaca-giganta, po raz pierwszy od Dnia Jej Odejścia będziesz w tym mieszkaniu trzeźwy, przemyjesz gębę, spojrzysz w lustro, postanowisz się ogolić. Otworzysz szafkę w łazience i natkniesz się na depilator.

A potem na żel intymny nawilżający.

Żel do peelingu.

Samoopalacz.

Mleczko kosmetyczne.

I zaczniesz otwierać wszystkie szafki, i zacznie się wielka inwentaryzacja, przyglądanie się każdemu z przedmiotów, których jeszcze nie zdążyła zabrać, każdemu ze śladów, och, lada dzień kogoś przyśle, świadomość ulotności tych śladów każe ci poddać je dokładnym oględzinom.

Jeszcze lakier.

Odżywka do paznokci.

Maść nagietkowa.

Pałeczki do uszu.

Krem do rąk rumiankowy.

Krem do rąk aloesowy.

I próbki wyrywane z czasopism: próbki szamponów, balsamów, mleczek, kremów, torebeczki z próbkami skrzętnie zbierane, wszędzie próbki.

Przy trzeciej kolejnej szafce nie wytrzymasz, zrobisz jeża ze wszystkich niedopitków minionego tygodnia, zbierze się tego może ze trzydzieści gramów, drżącą ręką wychylisz zlewkę. Po to, by nabrać odwagi do otwarcia trzeciej szafki – tej, którą akurat kojarzysz w pamięci, która nie może cię już zaskoczyć obecnością żadnego z dotąd przezroczystych emblematów kobiecości. To będzie bowiem szafka, z której po wielekroć wyciągałeś kwadratowe puzderko, przynosiłeś pospiesznie do sypialni, podawałeś żonie i scałowywałeś zniecierpliwienie z piersi, zanim wyjęła z puzderka wkładkę z kremem plemnikobójczym, zanim ulokowała ją w miejscu, które chciałeś taranować. Oto więc odczekasz, aż zlana z resztek trzydziesteczka obudzi uśpione we krwi promile z ostatnich dni, odczekasz, potem otworzysz szafkę i... Tak, tak, bądź pewien, że różowego pudełka tam nie zobaczysz, ono akurat znalazło się na liście artykułów pierwszej potrzeby, które zmieściły się w pierwszych dwu walizkach.

Żona odeszła z wkładką, a więc ktoś był, ktoś jest, ktoś będzie zamiast ciebie, ostatnia żagiew nadziei dogaśnie i nagle to rytualne ekshumowanie relikwii zmieni się w akt natychmiastowej likwidacji. Patrząc na pustą półeczkę po puzderku, przypomnisz sobie wszystkich potencjalnych kochanków świeżo utraconej małżonki. Jak umierający w jednej chwili widzi całe swoje życie, tak ty zobaczysz, jak ją pierdolą wszyscy naraz i każdy z osobna – i choć będziesz przeżywał swój dramat samotnie i niepowtarzalnie, wydusisz z gardła to samo przekleństwo, co wszyscy twoi opuszczeni praszczurowie i wszyscy twoi porzuceni następcy, wycedzisz „a to kurwa!", a potem cała zawartość szafek, szaf i szuflad wyleci przez okno, wszystko, co kiedykolwiek choć przez chwilę należało do niej, wyleci przez okno na podwórze, każdy przedmiot, który skojarzysz z jej obecnością, spadnie na beton, będziesz tłukł talerze, targał ubrania, zdzierał tapetę, zrobisz płonący spadochron z pościeli, wykonasz mistrzowskie pchnięcie doniczką, a kiedy już uznasz, że lokum zostało oczyszczone, nim zaśniesz na podłodze, zmożony eksmisją parszywej własności, wykręcisz numer do byłych teściów i powiesz do słuchawki ochryple:

– Niech przyjedzie po rzeczy, przygotowałem jej przed domem.

Nie mogłem przestać pić. Nie mogłem przestać myśleć o tym, że jeśli nie przestanę pić, ona pozbawi mnie prawa do widywania się z dzieckiem. Nie mogłem przestać pić, nie przestając myśleć o tym, że jeśli nie przestanę pić, ona pozbawi mnie prawa do widywania się z dzieckiem.

Nie zostawaj tam, mówię ci, nie zostawaj...
Kiedy tylko usłyszysz stukot obcasów na ulicy, prosto w serce wymierzony, kontemplować zaczniesz jego obcość beznadziejną, bo to nie ten stukot, bo Jej stąpanie było cięższe, wolniejsze, zahaczające co kilka kroków o ziemię, bardziej powłóczyste, nie tak nerwowe, nie tak zdecydowane, te kroki, które właśnie słyszysz, słyszysz? Ciiii, słuchaj... Nie, to nie to, one są stanowczo zbyt lekkie, to jakieś chuchro, córka sąsiadki... O, a teraz nowe, słyszysz? Kroki na korytarzu... Czy to ona? W pierwszej chwili zawsze całe twoje ciało w nagłym napięciu zapyta „czy to ona?". Niee, to jest stukot starczy, to są półobcasy

przydeptane długim życiem, oto i sama sąsiadka zasapana, wspinająca się po schodach.

Przekleństwo obcasów. Jak pies Pawłowa będziesz się zrywał na każdy stukot, kroki na schodach wyrwą cię z każdej zadumy, wytrącą z każdego zapomnienia, zawsze będziesz już czekał na to, by stukot nie wybrzmiał gdzieś w niewłaściwej chwili, by zbliżył się do twojego mieszkania, im bliżej będzie, tym rozpaczliwiej będziesz czekał na zgrzyt kluczy w zamku, skrzypnięcie otwieranych drzwi, szelest zdejmowanego i wieszanego płaszcza, będziesz czekał, aż buty zamienią się na pantofle, przejdą do twojego pokoju i przyniosą głos „jestem, jadłeś już?". Ale wszystkie obcasy będą teraz zmierzały do cudzych drzwi, będą cię traktować obcesowo, bo do innych par wyczekujących uszu przynależą, psich, dziecięcych, męskich. I będziesz się miesiącami modlił o to, by przyszły srogie mrozy, żeby zawiało, przysypało, żeby śnieg tłumił ten przeklęty stukot na chodnikach, na ulicach, żeby wszyscy nosili ciężkie obuwie zimowe na płaskich podeszwach, żeby wreszcie się zrobiło cicho. Cicho.

Minęło pięć lat od rozwodu, pięć lat od ich wyjazdu, pięć lat, od kiedy widziałem ich po raz ostatni. Już w nowym mieszkaniu, zaadaptowanym na gabinet, czekając jak zwykle na nowego pacjenta, usłyszałem za oknem koty w rui. Zawsze musiało być coś, co mnie rozpraszało, jak nie pies sąsiadów z dołu, to kłótnie tych z góry, jak nie sygnał mikrobusu z lodami objeżdżającego osiedle, to silnik motorynki, którą dostał na bierzmowanie jeden z okolicznych bękartów.

Im bardziej wsłuchiwałem się w te koty, tym mniej mi się one kotami zdawały, raczej w płacz dziecka przechodziły, w żałosne zawodzenie.

Wyszedłem przed dom i już nie miałem wątpliwości. Dziecko, chłopiec, przed wejściem do bloku. Oczywiście mógłby być moim synem, od kiedy żona odeszła z dzieckiem, każdy kilkuletni chłopiec miał twarz mojego syna, każde dziecko miało jego głos, przechodząc ulicami, mijałem z dala przedszkolne podwórka, żeby nie widzieć gromadki moich synów bawiących się piłką, mijałem drugą stroną ulicy kobiety prowadzące moich synów za rączkę, nie chciałem oszaleć, wszystkie dzieci miały jego twarz. Ten pod blokiem też.

Zapytałem go, co się stało, on, że się zgubił mamie na zakupach; powiedziałem, żeby się uspokoił, że go odprowadzę, ale on znał tylko numer mieszkania, ze strachu całkiem mu się wszystko pomieszało, pamiętał, że mieszka pod trzydziestką w bloku, ale na tym osiedlu było sześćdziesiąt identycznych bloków, idealnie wymierzonych względem siebie, symetryczny układ pralni i sklepików na parterze, piekielna monotonia wielkiej płyty, traciłem przez to wielu pacjentów, zniechęconych kluczeniem wśród budynków.

Wziąłem go za rękę i zaczęliśmy zwiedzać blok po bloku, przyciskając trzydziestkę na domofonach i sprawdzając głosy mieszkańców, wiedziałem, że to będzie tragiczne w skutkach dla mojej psychiki, bo czułem się ojcem prowadzącym syna, wiedziałem, że tak właśnie wyglądalibyśmy razem, już czułem rozpacz, która przyjdzie, kiedy znajdziemy jego dom, po raz pierwszy w życiu cieszyłem się, że to blokowisko ciągnie się bez końca, chciałem z nim tak iść wiecznie; aż wreszcie rozpoznał w głośniczku ochrypły głos, zawołał ożywiony „tata! Tata, to ja, wpuść!". Zawiozłem go na to szóste piętro, odprowadziłem pod drzwi, powiedziałem jego ojcu, że się zgubił matce w sklepie. Facet, ledwie się przy mnie hamując, dał chłopcu znać, że się z nim policzy. „Mamie się zgubiłeś? Znowu ludziom kit wciskasz? Wstyd mi robisz na całym osiedlu?" A potem, kiedy dziecko zniknęło za drzwiami, wytłumaczył mi. „Zostawiła go pod sklepem, trzy lata temu. Straciła rozum, pojechała z jakimś gachem za morze, obiecał, że ją zabierze, ale tylko samą. Nawet, franca, kartki na święta nie przyśle. Nie umiem mu wytłumaczyć, że matki nie ma... i nie będzie. Od trzech lat to samo, jakby czas dla niego nie płynął, płacze i mówi ludziom, że się zgubił mamie. Ciągle mi go ktoś przyprowadza..."

Wróciłem do domu i zacząłem pić. Za życia już nigdy nie wytrzeźwiałem.

Wiesz, sąsiedzie, jak mnie nazywali w środowisku? Doktor Haust. Byłem wziętym psychoanalitykiem i oddanym alkoholikiem. Przechlałem duszę, dlatego znałem tylko cudzy strach, ten, który do mnie przynosili.

Wychodzili uleczeni, aby wypełniać od nowa swoje życia. Ja pozostawałem, okaleczony, w gabinecie, który po godzinach stawał się na powrót pustym mieszkaniem.

Drogi sąsiedzie, nie znajduję słów, żeby wyrazić swoją wdzięczność za to, że mnie zabiłeś. Gdybym miał jednym słowem określić, co teraz czuję, powiedziałbym o uldze.

Żal mi na ciebie patrzeć, sąsiedzie. Wszystko w twoim życiu funkcjonowało nie w porę. Nawet ten szmelc z bazaru zaciął się na dobre właśnie wtedy, kiedy już nie miałeś odwrotu. Zamiast znowu reperować spluwę, trzeba było podciąć sobie żyły. Nie zdążyliby cię wtedy dopaść.

Nawet nie masz się już na czym powiesić. Odebrali ci sznurówki.

Tyle masz jeszcze życia przed sobą, sąsiedzie.

Nie wiesz, co tracisz.

Spis rzeczy

Książki oraz bezpłatny katalog
Wydawnictwa W.A.B.
można zamówić pod adresem:
ul. Łowicka 31, 02-502 Warszawa
tel./fax (22) 646 05 10, 646 05 11, 646 01 74, 646 01 75
wab@wab.com.pl
www.wab.com.pl

Redakcja: Marianna Sokołowska
Korekta: Maciej Korbasiński, Jadwiga Przeczek
Redakcja techniczna: Urszula Ziętek

Projekt okładki i stron tytułowych:
Magdalena Bartkiewicz-Podgórska
na podstawie koncepcji graficznej Macieja Sadowskiego
Fotografia autora: © Bernard Osser

Wydawnictwo W.A.B.
02-502 Warszawa, Łowicka 31
tel./fax (22) 646 01 74, 646 01 75, 646 05 10, 646 05 11
wab@wab.com.pl
www.wab.com.pl

Skład i łamanie: Komputerowe Usługi Poligraficzne
Piaseczno, Żółkiewskiego 7
Druk i oprawa: Drukarnia Wydawnicza
im. W.L. Anczyca S.A., Kraków

ISBN 83-7414-026-7